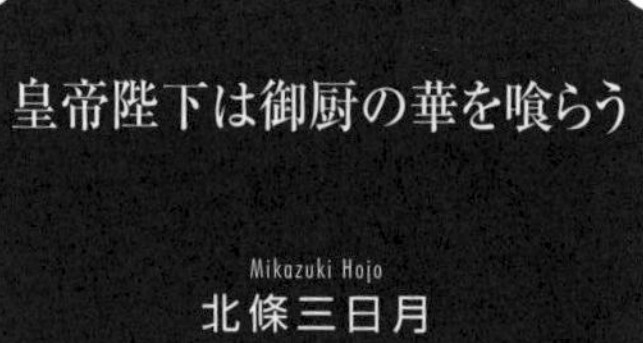

皇帝陛下は御厨の華を喰らう

Mikazuki Hojo
北條三日月

Honey Novel

Illustration

サマミヤアカザ

本作品の内容はすべてフィクションです。
実在の人物、団体、事件などにはいっさい関係ありません。

序章

なぜ、自分は女なのだろう?

男だったなら、家を継ぐこともできたのに。宮廷に上がり、皇帝の侍医になることもできたのに。

父の持つ知識を、技術を、どれだけ学んでも意味がない。生かす場がないのだ。

『女だから』

せいぜいが、茶屋で薬膳茶を売ることぐらいしかできない。

もちろん、それは自分に限った話ではない。

女は家を継ぐ権利を持たない。官吏などにもなれない。政治に参加することもできない。

女に認められた権利は少なく、女の社会的な立場はひどく弱い。

国が、そうなのだ。

この国の女は、一人残らずそうなのだ。

だが、それが悔しくてたまらない。

(お父さまはすごい方なのに……。素晴らしい方なのに……)

しかし、女の身では、父に何もしてあげられない。

父は「養子を取るから大丈夫だよ」と言うが、父の持つ知識を、技術を、家を、名を、血を——継ぐ役目を養子に奪われてしまうのも、また悔しい。

『男だというだけで』

しかし、どれだけ思っても、願っても、女であることは変えられない。

だからこそ——時々、どうしようもなくやるせない。

いつか、思えるだろうか？　女に生まれてよかったと、心から。

そんな日が、自分にも訪れるだろうか？

第一章

過去に類を見ない賢帝と称えられた仁明帝（じんめいてい）の跡を継ぐ、陽明帝（ようめいてい）の御代となり早三年。

乱世はもう遠い昔のこと。仁明帝の作り上げた泰平なる世は、陽明帝の治世となった今、絶頂を迎えている。

空は青く、日射しはぽかぽかと暖かい。暦は三月になろうかというところ。寒さも緩み、そこかしこに春を感じる。

「歓迎光臨（いらっしゃいませ）！」

大途（おおどおり）に面した、軒先を飾る赤い宮灯がひときわ目を引く建物。掲げられた看板には、『楊茶館（ようちゃかん）』と書かれている。

中に一歩入ると、まず目に飛び込んでくるのは、壁一面の薬草棚。国中から集められた茶や漢方、薬草などが納められている。

その前には長卓（カウンター）。長卓の向かいには、丸い四人がけの小卓（テーブル）が並ぶ。一番奥は厨房（ちゅうぼう）だ。

このあたりで一番大きな茶館だけあって、客は多く、いつも大勢の人で賑（にぎ）わっている。

「翠玲（すいれい）！　来たぞ！」

「あ、周（しゅう）さん！　歓迎光臨！」

常連客の来訪に、長卓で秤と格闘していた翠玲は顔を上げ——すぐにムッと眉を寄せた。

「周さん、顔がむくんでるよ？　昨夜、またかなり呑んだでしょ」

周と呼ばれた四十代後半の男が、うぐっと声を詰まらせる。

「あと目が充血してる。仕事が忙しいの？　でも、疲れを翌日に引きずってたら、効率は落ちるばかりだし。それでイライラするのもわかるけど、お酒の量を増やすのは駄目」

「翠玲に隠しごとはできねぇなぁ……」

「当然」

翠玲はにこっと笑って、背後の薬草棚に向き直った。

「血虚に気滞、水滞か。じゃあ、大豆黄巻でいこう。周さん、黒豆茶は好きだったよね？　黒豆茶になつめ、高麗人参、クコの実、陳皮、とうもろこしのひげにしようか」

何百とある引き出しの中からいくつかを開けて、目的のものを取り出す。

「どうせ、二日酔いで胃もむかむかしてるんでしょ？　お茶請けは柚子皮の砂糖漬けね。すっきりして食べやすいから。柚子は気滞にも効果があるし」

選び出したものを秤で慎重に量り、茶壺に入れ、鉄瓶の湯を注ぐ。

「それで食欲を取り戻したら、お粥でも食べていって」

「店主には悪いが、粥まではどうだかなぁ……」

小卓に座った周が、難しい顔をして腹を撫でる。どうやら胃の調子は相当悪いらしい。

「もちろん、無理はしなくていいよ。よくなったらで」

「でも、翠玲がそう言うってことは、食えるようになるんだろうな」

「食事は健康において基本だからね。抜くって選択は一番よくないから」

別の茶壺を取り出し、それにも鉄瓶の湯を注いで温める。

充分に温まったところで湯を捨て、中に周専用に調合した薬膳茶を注ぎ入れる。普通なら茶海に入れるのだが、すべて熱い状態で飲んでほしいため、今回は茶壺に。

その茶壺と茶碗、そして柚子皮の砂糖漬けを少量盛った小皿を、周の前に運ぶ。

「おお、来た来た」

「じんわりと身体を温めていく感覚で、ゆっくり飲んで」

そう言いおいて、茶葉を圧縮成形して餅のような形に固めた餅茶を削刀で割り開いて、茶葉をほぐす作業に戻る。そして、それを秤で使う分量ずつに分け、半紙で包むのだ。

「翠玲～。いつもの～」

綿の入った上衣に裙子姿の二十代後半の女性が、店に入ってきて長卓に縋りつく。

「はいはい。蘭月小姐。手を出して」

ふらふらと差し出された手を握って、小さく息をつく。

「ああ、冷たい。冷え性が深刻だね」

「そうなの～。もう寒くて寒くて」

「朝のお陽さまをちゃんと浴びてる？　あとは、適度な運動」

「わかってるんだけど、うちは呑み屋なのもあって、ほとんど昼夜逆転してるのよね〜」

毎度おなじみの回答だ。

「わかるけど、でも起きるのは十三時ごろなんだよね？　その時間からでもいいからさ、ちょっと散歩しよう。十分でいいから」

「頑張ってみる〜」

これも、いつもと同じ。おそらく、しないだろう。毎日忙しくて疲れているだろうから、少しでも寝たいのはわかるが、健康のためにもなんとか頑張ってほしい。本当の意味で。

「じゃあ、いつもの。半月分包むね。座って待ってて。蘭月小姐、ご飯は？」

「まだ〜。起きて、すぐに来たの。だって翠玲、明日お休みでしょ？」

「そっか。じゃあ、お茶と一緒に用意するね」

奥の厨房に、沸かした豆乳とかぼちゃ入りの雑穀雑炊を頼む。

「気虚に効く、蘭月小姐用の調合は……」

干しなつめと干し葡萄、高麗人参、松の実ときなこ。半月分を半紙に包んでゆく。

「それを沸かした豆乳に入れて飲むの、美味しくって大好き」

「でも、薬膳はあくまで補助的なものなんだからね？　わかってる？」

「うん。食生活を乱さない。日光を浴びながら少し運動する。お酒はほどほどに」

「そうそう。それをまず守ってもらわないと」

厨房から、威勢のいいかけ声とともに手鍋が出てくる。中には、すでに沸いた豆乳が。そこに、蘭月用の調合とさらに黒ごまを入れ、長卓の脇の小さな竈で再度沸かす。

それを茶漉しで漉しながら大きめの椀に入れて、蘭月の前に差し出した。

「両手で包むようにして、手を温めながらゆっくり飲んでね。ちゃんと小卓で」

「はぁい」

蘭月が笑顔で頷き、小卓に座って、ゆっくりと飲みものを口に運ぶ。

その隣の卓で、周が椀を置き、先ほどまでとは打って変わった表情で片手を上げた。

「翠玲、粥を頼めるかな？　食えそうだ！」

「あ、本当？　じゃあ、米と黒米で。生姜と柚子をきかせたものにしようか」

それを奥の厨房に伝えると同時に、また数人の客が顔を覗かせる。

「やあ、翠玲！」

「歓迎光臨！　白さん、呂さん、武偉。あれ？　白さん、今日は顔色がいいね」

「おう。翠玲の茶が効いてるわ。ツボ押しも続けてるしな。あれ、またくれ」

「俺も、いつものを。明日、休みだって聞いてよ。慌てて来たんだ。今朝で終わってな」

「うん。山に薬草を取りに行くんだ。はい、二人とも、顔と目を見せて」

体調は日によって変わるもの。前回調合したものは、その時の彼に必要だったものだ。今、身体が本当に必要としているものとは違う。

前回と同じものをと求められても、必ず先に客の身体を診る。

白と呂の顔を見、目を見、手を握ってみて、脈を取る。

「──うん。白さんは、前と同じものでいいかも。呂さんは、水滞じゃなくて津虚かな。だいぶよくなったから、調合を変えてみようか」

「お、そうかい？」

「うん。頑張ってるの、わかるよ」

にっこり笑って言うと、呂が嬉しそうに微笑む。

「また一人生まれたからな。身体は大切にしねぇと」

「そうだね。奥さん、元気になったら一緒に来てよ。赤ちゃんも一緒に」

「おう。アイツはここの甘味が好きだからな」

「あ、そうだ。昨日、柚子皮の砂糖漬けを作ったんだ。奥さんに持って帰ってね」

「そりゃ、ありがてぇ！」

薬草棚から、白と呂のための茶に必要な素材を素早く取り出す。

そんな翠玲を見つめて、武偉がそっと息をついた。

「翠玲。薬草を取りに行くって……また一人でか？　俺がついて行ってやろうか」

武偉は翠玲の二つ年上で、先日十八歳になったところ。白のところで働く彫金職人だ。

翠玲は杜仲茶と烏龍茶を混ぜ合わせながら、苦笑した。

「でも、武偉は山に慣れてないから、一緒だと予定の半分も回れないんだけど」

「ぐっ……」

武偉が言葉を詰まらせる。

よくこうして白について店にやってきては、翠玲のことをあれこれ気にしてくれる。心配してくれるのはありがたいし、嬉しくないわけでもないのだけれど、正直なところ少々面倒臭い。

「で、でも、山には熊や狼や山賊だっているしさ……」

「気持ちは嬉しいんだけど、それらに遭遇した時、山で素早く動けない武偉を連れてたら、すぐに逃げられないから逆に危ないんだよね」

「うっ……」

武偉が再び言葉を失う。

そんな武偉を見て、蘭月が「駄目よぉ～。それじゃあ～」と呆れたように肩をすくめた。

「武偉～。普通の女の子のように扱うのは、翠玲攻略には悪手としか言えないわぁ」

「こっ……!?　攻略って！　お、俺は別に、そんな……」

顔を真っ赤に染めて焦る武偉に、周がかかっと豪快に笑う。

「武偉よ。翠玲の気を引きたいなら、珍しい病気に罹るのが一番だぞ」

「周さん。めったなことを言わない。健康が一番に決まってるんだから」

「でも、武偉は健康すぎて、翠玲の薬や茶の世話になれないんだ。それじゃあきっかけも作れねぇだろ？　ここは一つ、翠玲でも容易に治せない病気に罹ってだな」

「もう……！　武偉が本気にしたらどうするんだよ」

めっとばかりに大人たちをにらんで、黙らせる。

「武偉。真に受けちゃ駄目だよ？　健康以上に尊いものなんてないんだから」

「わかってる。しないよ、そんなこと。そもそも、珍しい病気なんて、どこからもらってくればいいかわからないし……」

「なるほど。方法がわからないから、やらないと」

「そ、そうじゃないよ！　白さん！」

武偉がおたおたと否定する様子を楽しむ悪い大人たちのもとへ、この茶館の店主である楊が盆を手にやってくる。

「はい！　かぼちゃ入りの雑炊に白米と黒米の粥だよ！　ほれ、そこのお三人衆も、昼飯まだなら、食ってってとくれよ！　うちは、翠玲の薬と茶だけじゃない。食事も甘味も栄養満点で美味しいよ！」

翠玲の父親ぐらいの年齢で、恰幅がよく、人当たりがいい。にかっと笑うと、上の歯が欠けているのが少し間抜けに見えて、それがまた愛されている一つの理由だったりする。

「麦と山芋の薬膳粥、羊肉を薬膳湯でコトコト炊いた煮込みに、同じく薬膳湯で炊いた豚の角煮と筍をたっぷりと混ぜ込んだ雑穀飯と、今日も自信作ばかりだ」

「そっか。せっかくだから食ってくか」

「じゃあ、お茶は帰りまでに用意しておくから」

新たにやってきた客が翠玲を呼ぶ。翠玲は白たちにそう言いおいて、その客のもとへと駆け寄った。

「歓迎光臨！　何をお求めですか？」

「友人に、血の道に効くお茶が買えるって聞いたんだけど。推薦を教えてもらえる？」

「はい。いろいろありますが、具体的にどういった症状に効くものがよいでしょう？」

あれこれ話しはじめるも、ゆっくり話などさせないとばかりに、次々と客が入ってくる。

「翠玲！　いい龍井茶が入ったって聞いたから来たんだけど」

「翠玲～！　最近頭が重くて寝つきが悪いんだけど、何かいい茶はない？」

「ああ、翠玲！　いつもの頼むよ！」

「はい！　少々お待ちを！」

頭の中でやることを整理しながら、順番に接客する。

「今日も大忙しだな。翠玲は休みを取るのだって一苦労だ」

「ここらで、翠玲の世話になってない人間なんていないからな。あの子こそ、忙しすぎてどこかおかしくしやしないかって心配だよ。疾医の不養生ってヤツだ」

「そうそう。休みの日はゆっくり休めばいいのになぁ。明日は薬草取りだってよ」

背後で、周たちが自分を見ながら話している声が、耳に入ってくる。

(疾医じゃないけどね)

薬草棚から目的のものを取り出しながら、自嘲気味に唇を綻ばせた。

疾医にはなれないのだ。――女だから。

「翠玲の薬と茶は、お偉い貴族さまもお忍びで買いに来るほど人気だって言うじゃねぇか。この間なんか、専属で働かないかって誘いも受けたんだろう？　それを断ったって？」

「ああ、らしいよ。自分の薬や茶を必要としてくれる人に貴賤はないって言ってよ」

「本当に、頭が下がるよねぇ。十六歳の子だよ？　女の子なら、お洒落に、恋に、現を抜かしたい年頃だろうに。あんな……男の子みたいな格好をして」

蘭月がため息をつく。

黒い麻の円領袍に、髪は一つに纏めているだけ。化粧の一つもしていない。たしかに、男の子のようと言われても仕方がないし、実際によく間違えられる。

別段、それが気になるわけではないのだけれど。

(男の子のような、ではなく、男の子になれたらいいのに)

皇帝の侍医を務める父の跡を継げたのに。

父から学んだ知識を、技術を、もっと人のために役立てることができたのに。

茶館での仕事が嫌いなわけではない。多くの人の健康を支える手伝いができて、むしろ楽しい。みなが頼ってくれるのは誇らしくもある。

でも、疾医ではないからこそ、限界がある。

翠玲にできることは、ごくわずかだ。

「……っ……」

男の子のようだと言われるたびに、女であることを思い知らされて、胸の奥がひりつく。

背中で蘭月の声を聞きながら、翠玲はそっと目を伏せた。

「貴族の娘だっていうのにねぇ」


—＊◇＊—


バサバサと大きな羽音を立てて、鳥が飛び立つ。

ほぼ同時に耳に届いた不穏な物音に、翠玲は顔を上げた。

「……？」

採取したばかりの薬草を足もとの籠に入れ、耳を澄ます。

人の声がする。何を言っているかまでは定かではないが、物々しさが伝わってくる。ガサガサと藪(やぶ)を掻(か)き分ける音。足音は複数人のものだ。ガチャガチャと金物の音もする。まるで、剣か何かのような。

武偉の言葉が脳裏をよぎる。嘘(うそ)。もしかして、山賊——!?

(いいえ、これは違う……)

すぐに思い直して、首を横に振る。足音が、山歩きに慣れていない者のそれだ。本当の山賊なら、翠玲ごときに接近を気づかれたりはしないだろう。

(武偉よりも足もとがおぼつかない感じだ。それで山賊はない)

しかし、にこやかに挨拶ができる相手ではないことは間違いない。

翠玲は籠を手に、音を立てないように藪の中に入って、木の陰に身を隠した。

すぐに、ガチャガチャと騒がしい足音が近づいてくる。

「くそっ！　いない！　どこに行ったんだ！」

「探せ！　あの身体で遠くに行けるはずがない」

「とどめを刺さなければ、俺たちが危ないんだ！」

そっと様子を窺うと——武装した男たちだった。役人だろうか？

(でも、役人が罪人を探してるって感じじゃない)

ひどく殺気立っていて、余裕がない。ここで見つかったら、自分は間違いなく殺されるだろう。そんな確信が持ててしまう——殺伐とした様子だった。

(誰を探しているんだろう?)

こんな山奥で。容易に人が踏み込まない——人目につかない場所で。鎧を着て。剣を手にして。殺気立った血走った眼をして。

「あの身体で、崖から落ちたんだ。もう死んでるんじゃないか?」

「だが、崖下にはいなかった。たしかに、もう長くはないだろうが」

「死体を確認しないことにはな。くそっ! 手間をかけさせやがって!」

苛立ちを隠そうともせず、男たちが口々に悪態をつく。

どう考えても、聞いてしまっていい内容には思えない。

息を詰めて、身動き一つせず、男たちが遠くへ行くのを待つ。

「…………」

その足音が完全に聞こえなくなってから、翠玲は藪から這い出て、視線を巡らせた。

(崖から落ちたって言ってた。それで、このあたりを探してるってことは……)

この山は翠玲の庭も同然だ。地形はすべて頭に入っている。

翠玲はあたりを慎重に窺い、素早く走り出した。

(あの身体でって言ってた。あの傷で、ではなく)

手にしていた剣で致命傷を負わせていたとしたら、あんな言い方をするだろうか?

むしろ、それができなかったからこそ、男たちは躍起になって誰かを探しているのではないだろうか？　死んでいてもおかしくないけれど、その死に確証が持てないからこそ。役人とは思えない男たちが、剣を手に探している誰か――。

「……っ……」

ドクンと心臓が音を立てる。翠玲は袍の胸もとを握り締めた。

どうしてだろう？　助けなくてはと思った。今、ここにいるのは翠玲だけだ。その人を助けられるのも。

もちろん、今のところわかっているのは、身体をおかしくした上で崖から落ちたということだけだ。それ以上のことは何もわからない。

それこそ、もう死んでいるかもしれないという『誰か』が、善良な人間とは限らない。あんな物騒な男たちに追われているのだ。ひどい悪人かもしれない。罪人かもしれない。もっと言えば、物騒な男たちの仲間の可能性もある。本当に卑劣な人間で、あの男たちを裏切ったからこそ、追われているのかも。

事情がわからない以上、どう考えても危ない。かかわってはいけない。今すぐにここを離れるべきだ。下山して、安全な場所に駆け込むべきだ。薬草の採取はまた今度でいい。

(でも……)

翠玲は足を止め、目の前の険しい崖を見上げた。

(この上から落ちたのだとしたら)

素早くあたりを見回すと、太い木の枝が折れて落ちているのを見つける。その周りには、不自然に散った青々とした木の葉。

息を呑んで、その木に駆け寄る。見上げると——枝が何本も不自然に折れていた。

（ここに、落ちた……？）

翠玲は身を屈め、あたりに目を凝らした。

ここは山の奥も奥。めったに人が入ってこない場所だ。ここに来るのは、翠玲のような山の恵みが生活や仕事と密着している者のみ。つまり、玄人だけだ。

だから山に慣れていない素人が歩けば、必ず痕跡が残る。

「っ……！」

踏まれて折れた草と、土についたわずかな窪みを見つける。——足跡だ。

（見つけやすい場所に倒れてたら、あの男たちが見つけているはず）

この近くで、身を隠せる場所は？　あの男たちの目の届かない場所は？

慎重にあたりをたしかめながら、思考を巡らせる。

（そうだ。この先には、窪地が……）

翠玲は息を呑み、音を立てないように藪を掻き分けた。

まるで覆い被さるように生えている草のせいで、一見すると地面が窪んでいるようには見えない。翠玲も一度、気づかずに落ちて足を挫いてしまい、一人では立ち上がることもできなくなって、山を下りられずに父の手を煩わせてしまったことがある。

「……！　血が……」

草に、わずかに血がついている。玄人にわかる程度だが、不自然に草も乱れている。

翠玲はゴクリと息を呑み、おそるおそる窪地を覗き込んだ。

「っ……！」

予想したとおり、そこには傷だらけの男が倒れていた。

歳は二十代半ばといったところだろうか。腰まである黒髪は乱れて、地に散っている。倒れていても長身なのがわかる。その均整のとれた体躯を包んでいるのは、黒い盤領袍。麻だが、とても質のよいものに見える。精緻な昇龍の刺繍がなんとも美しい。

そして、六合靴に革の帯紐。腰には長剣の鞘のみがある。——武官だろうか？

肌はゾッとするほど色を失っているが、まっすぐに通った鼻梁。薄くて形がよい唇は、痛々しく血に濡れており、引き締まった精悍な頬も血と泥で無惨なほど汚れている。

「……っ……」

伏せられた長い睫に、心臓が跳ねる。

翠玲は窪地に降り、その男の傍に膝をついた。

傷だらけで、血だらけで、汚れてボロボロなのに、それでも美しい男なのがわかる。

意識は——ない。

翠玲は手袋を取り、そっと男の首筋に触れた。

肌はヒヤリと冷たいけれど、手のひらの下で命はしっかりと脈打っている。

「……？　この人……」

男の袍は水分を吸って、じっとりと重たい。まるで雨に打たれたかのようだ。いつからここにいるのだろう？

（もしかして、昨日の夜から？）

朝、小雨が降った。その時にはもうここにいたのだろうか？

（夜に追われて、山に逃げ込んで、崖から落ちた？）

髪と袍は濡れているが、肌と血は乾いている。そう考えて間違いないだろう。

山に慣れていても、真っ暗な夜に人一人を探すのは容易なことではない。間違いなく、素人には不可能だ。

（じゃあ、あの男たちは明るくなるのを待ってからこの人を探しに来たということか？）

ざわりと背中が戦慄く。翠玲は身を震わせた。

「っ……」

それが意味するのは——明確な殺意だ。

そんなやつらなら、目撃者を見逃してくれるような優しさを持ち合わせてはいないだろう。

鉢合わせすれば、間違いなく翠玲の命も危ない。

今すぐ、逃げるべきだ。今なら、見つからずに山を下りられる。
武装した屈強な男たちだ。翠玲に太刀打ちできる相手じゃない。
見つかれば、確実に死が待っている。
そう思うのに――。
「つ……」
翠玲はギュッと目を瞑り、奥歯を噛み締めた。
足が動かない。どうしてだろう？　この人の傍を離れたくないと思ってしまう。
この人は悪人なのかもしれないのに。
剣をもって追われても、仕方のないことをしたのかもしれないのに。
ここで自分の命を優先したところで、誰も翠玲を責めたりしないはずだ。
むしろみなは、得体の知れない男のために自分の身を危険に晒したことを詰るだろう。
何をどう考えても、今すぐこの男を置いて立ち去るのが、最適解だ。
それなのに。わかっているのに、それでも足が動かない。
(この人を、見捨てていくなんてできない)
できないし、したくない。――助けたい。
「つ……！」
翠玲は歯を食い縛って、男の身体に覆い被さるように座り直した。

指で男の目を開いて、瞳孔をたしかめる。そして、服の上から触診。骨や内臓の異常を検める。

「皮膚に異常はない……」

体温が低い。けれど、発汗がある。手のひらに感じる鼓動は速い。顔色はひどく悪く、呼吸も浅く、速い。

「崖から落ちたって話だけど……」

膝がかなり腫れている以外は、小さな擦り傷や切り傷ばかりで大きな外傷はないように見える。肋骨などが折れて内臓が傷ついている様子もない。

それなのに、肌に触れていても意識が戻る気配がない。

翠玲は目を細め、男の唇を汚している唾液混じりの血を指で擦った。

「吐血してる？」

男たちが口にしていた、少し妙な言葉を思い出す。

「あの身体でって……ああ、そうか……」

おそらく、襲われる前に毒を盛られているのだ。

だから、『遠くに行けるはずもない』『もう死んでるんじゃないか？』『もう長くはないだろうが』などと、自身で致命傷を負わせたならば出てくるはずのない曖昧な言葉ばかり口にしていたのだ。

『殺す』ではなく、『とどめを刺す』『死体を確認する』と言っていたのも、そのためだ。

殺すのは彼らではなく、毒の役目だったから。

「っ……！　だったら、すぐに処置しないと」

腰の巾着から布を出し、それを裂いて、膝の関節を固定する。

（この位置なら、すぐ近くに小屋が……）

木こりや狩人（かりゅうど）など、山で作業を行う者たちのための小屋がある。翠玲以外に使っている者を見たことはないが。

山小屋を使うのは危険かもしれないが、とにかく毒の処置だけでもちゃんとした場所でしなくては、命にかかわる。

（あちらだって人目を忍んでいるわけで、だからこんな人目につかない山の中でコトを起こしているわけだし、人が来る可能性の高い場所には寄りつかないだろう。そう思いたい）

とりあえずは、処置が最優先だ。それで男の意識が戻ったら、すぐに移動すればいい。

まずは、命の確保だ。

（今すぐ移動して、処置をしたいけど……）

悔しいけれど、女の身だ。完全に意識のない――しかもこれだけ体格のいい成人男性を運べるような腕力はない。

それに、山小屋まで移動できたところで、手持ちの薬草や道具ではどうにもならない。

翠玲は空を見上げると、素早く袍を脱いだ。

(だけど、もう陽が傾きはじめている)

あと一刻ほどもすれば、あの男たちは一旦下山するだろう。野営の準備があるようには見えなかった。夜の山に慣れているようにも。人目を憚るのであれば、大っぴらに火を焚いて捜索をするわけにはいかないはずだ。

暗くて捜索がままならない上、夜の山は危ない。昨夜も、おそらくそれが理由で、一度山を下りている。だから、今日もきっとそうするはずだ。

そう信じる。

「それなら……!」

肌着を脱いで、それを引き裂く。そして、腰の巾着から午前中に採取した山査子の実を取り出し、手の中で潰した。

手をべっとりと染めた赤い汁で、その布に『我来帮忙』と書く。

それを男の手首に結びつけると、翠玲は袍を着直して、腰に提げた革袋の水筒を外した。

(どうか、目が覚めても動かないでいて。助けるから。絶対に、私が助けるから)

水筒の水を口に含み、男の唇に自身のそれを押し当てると——男が弱々しく嚥下する。

飲んでくれたことにホッとしながら、それを繰り返して、水筒の水をすべて飲ませる。

翠玲は空になった水筒を帯に括りつけると、素早く立ち上がった。

「ここにいてくれ。――助けるから」

男を見捨てて逃げることができないなら、助けるだけだ。迷っている暇もない。そもそもどっちつかずが一番危険だ。自分のやるべきことを見定めて、素早く動く。力を尽くす。それでこそ、道は開けるもの。

一瞬の判断の遅れが死に繋がる。医術に携わる者にとって、それは至極当然のことだ。疾医である父の背中を見て育った翠玲にとっても、それは同じ。

(この人が悪人でもいい。それは、助けたあとに考えればいい)

まずは、自分にできることを最大限やる。

翠玲は枯葉で男の身体を覆うと、そっと窪地から這い出した。

そして、窪地に覆い被さる草を整え、足跡などの痕跡を完全に消す。

「待っていてくれ。必ず助けてみせるから」

翠玲は小さな声で呟くと、あたりを慎重に窺い――駆け出した。

―＊◇＊―

藍色の空に輝く、猫の爪のような細い月。

地上に届く銀の光はひどく儚く、山の中は黒一色に染まっている。

灯り(あか)らしいものは一切見えない。どうやら、男たちは山を下りてくれたらしい。

「よかった……」

これなら、男を助けることだけに集中できる。

闇に沈んでいても、このあたりの山はすべて翠玲の庭だ。なんの不都合もない。

翠玲は荷物を抱え直して、草を掻き分けた。

瞬間、何かに足首をつかまれる。

「ッ!?」

ぎょっと身を弾かせたのと同時に、そのまま足を引っ張られ、窪地に引きずり込まれる。

「うわっ！」

ものの見事に地面に転がった翠玲の首を、何か力強いものが捕らえる。

ヒヤリとしたものが、顎(あご)の下に押し当てられた。

「っ……！」

「静かにしろ」

押し殺した、低い声がする。

翠玲は目を見開いて、自分を押し倒している男を見つめた。

（ああ、なんて……）

目蓋を閉じている時でさえ美しいと思ったが、印象的な双眸(そうぼう)に思わず見惚(みと)れてしまう。

極上の黒曜石のように輝くその漆黒は、生への執着——ひどく傷つきながらも、なおも生きようと足掻く生命力に満ちていた。

(力強い命の煌めき……肉食獣みたいだ……)

一瞬、何もかもを忘れて、見入ってしまう。凶暴ささえ感じるその眼射しに、魅入られる。

ああ、なんて綺麗なのだろう。

「貴様は……」

「よかった！　意識は戻ったんだね！」

おそらく、『何者だ』と問おうとしたのだと思う。

しかしそれよりも早く、翠玲は顔を輝かせて、男に笑いかけた。

「意識が戻ったのはいつ？　陽が落ちる前？　それともあと？　伝言は見られた？」

男が虚を突かれたように口を噤む。しかし構わず、翠玲は言葉を続けた。

「でも、手は冷たいな。汗は掻いているのに。力も入れづらいみたいだ。痺れがある？」

「……貴様は……」

「翠玲。劉翠玲だ。ちょっと触れてもいいかな？　手だけでいいから」

一言断って、呆気に取られている男の両手に触れる。翠玲の首を押さえつけ、短剣を突きつけている両手に。

「……！」

「ああ、指先は冷たい。皮膚の色は確認できないけれど、痺れが出てるのは左手かな？　細かく震えてるね。右はなんともない？　ほかに不調はある？　吐き気は？　眩暈は？　寒気はある？」

「…………」

「何を盛られたのかわかると一番いいんだけど、わかるわけないよね。わからないから口にしたんだろうし。どんな不調があるか、できる限り詳しく教えてくれる？」

「……怖くないのか？」

とてもじゃないが、地面に押し倒されて、動けないように頸動脈を押さえつけられて、喉もとに刃物を突きつけられているとは思えない態度に、男が呆然と言う。

翠玲はまっすぐ男を見つめたまま、小さく息をついた。

「それはあなたのこと？　あなたを追っていた男たちのこと？　後者は、もちろん怖いよ。怖くないわけない。剣を手に、人を追い回すような連中だよ？」

見つかったら、自分も殺される——。男たちを見た瞬間に、理解した。せざるをえない雰囲気だった。

それで、怖くないはずがない。

「あなたのことも怖くないと言ったら嘘になるかな。怖いよ。それでも、見て見ぬふりはできなかったんだよ」

助けたいと思った。

助けられるのは、自分だけだとも。

だから——来た。

「状況から、あなたが毒を飲まされて殺されかけたのは昨日の夜だと思った。その途中で崖から落ちて、それでもなんとか逃げようとして——この窪地に落ちて、意識を失った。落下で痛めているのは、膝と足首。あと腰もかな？　一番重症なのは膝だと思う」

「…………」

「でも、それよりも毒が問題かな……。発熱、発汗、だけど血管に異常が出ているのか、手はひどく冷たい。おそらくは足も同じだと思う。動かしづらいだろう？　そのせいで、歩くのも困難なはず。身体に痺れも出ている。意識を保っているのもやっとな状態」

翠玲は男を見つめたまま、きっぱりと言った。

「早く処置しよう。命にかかわるよ」

しかし、男は翠玲を警戒しているのか、頸動脈を押さえる手は一向に緩まない。

翠玲は苦しさを堪えながら、なおも続けた。

「あの男たちは、あなたが崖から落ちたあと、探すのを断念して一度山を下りているんだ。今夜もそう。だから、今は安全だ。処置をして、身体を休める時間は充分にある」

「……どうしてわかる」

「日の出前には、このあたりにいなかったから」

命を脅かす連中に追われていたのだ。男の警戒はもっともなもの。

だからこそ、男の目を見て、自分の考えをしっかりと述べる。

男が、少しでも安心できるように。

「一番欲しい薬草の採取時間が、日の出前だったんだ。だから私、今日は陽が昇る前からこの山にいたんだよ。昨夜は月が出ていない闇夜だったから、男たちがあなたを探すために灯りを掲げていたら、遠くからでも絶対に気づいた。でも、それはなかったから」

「…………」

「陽が昇ってからも、野営のために火を焚いた跡なんかも見てない。だから、昨夜は山を下りているはずだよ」

「……昨夜もそうしたのだから、今夜もそうしていると」

翠玲は頷いた。

「そうだ。あなたを追っていることが誰かに知られてもいいなら、その限りではないけど。でも、大々的に捜索してもいいなら、昨夜すでにやっていると思う」

「…………」

翠玲の明瞭な答えに、男がようやく表情を緩める。

そして小さく息をつくと、短剣を引いた。

「そのとおりだ。やつらは極秘裏にことを進めたい。私を殺そうとしていることを誰かに知られたら、やつらの命も危なくなる。それは間違いない」

けれど、頸動脈を押さえる手はそのままだ。

　まだ、男は翠玲に気を許したわけじゃない。

「だから、かかわるな。この暗闇でも動けるのなら好都合だ。今すぐ、山を下りろ」

その証拠に、処置をしようという翠玲の提案をまったく無視した言葉が返ってくる。

手ごわい。

翠玲は内心ため息をついた。

「見て見ぬふりができないから、戻ってきたんだけど？」

同時に、感嘆もする。

この男の精神力たるや、どうだ。

（意識を保っているのもやっとなはずなのに……）

生きるために、一刻も早く毒を抜きたいと思っているのは、ほかならぬ彼自身だろうに。

それなのに、微塵（みじん）も弱みを見せようとしない。

小娘相手にも、一切気を緩めない。

その我慢強さ、誇り高さは、並じゃない。

「だが、もう事情はわかっただろう？　そして、私の意識が戻ったことも知った。それで満足しろ。これ以上、首を突っ込むな」

「いくら意識が戻ったところで、一人で立てもしないのに？」

男が言葉を詰まらせる。

翠玲は男の手首に触れた。

「あなたは、『伝言』という言葉に反応しなかった。手首のこれに気づいてなかったら、私が何を言っているのかわからなかったはず。だけど、なんのことだって訊かなかった。眉をひそめることすらしなかった」

ということは、この男は、翠玲が残した『伝言』を読んでいる。

それなら、彼が意識を取り戻したのは、陽が落ち切ってあたりが闇に沈む前だ。

「巻き込みたくないなら移動すればよかった。わざわざ短剣を突きつけて警告しなくても、あなたがここにいなければ、それだけで私は、あなたが意識を取り戻したことも、自力で逃げられたことも、理解したのに」

その時間も充分にあったはずだ。だが、それはできなかった。

なぜなら、動けなかったからだ。一人では、立ても歩けもしなかったから。

「今、一人で立つこともできないあなたを置いて山を下りることができるなら、最初から見て見ぬふりしてるよ。それができないから、ここに来たんじゃないか！」

「……っ……」

「悪いけど、この状態のあなたを残して一人で山を下りるなんてできないよ。傷の処置と毒抜きだけでもさせて。それをするまでは、あなたの傍を離れるつもりはない」

「……私は、貴様を信じない」

男が、まるで吐き捨てるように言う。

「見ず知らずの貴様のことなど、信じられるか。毒抜き？　それをどうやって信じろと？　とどめを刺すために、さらに毒を飲ませるつもりかもしれないじゃないか」

「あなたの命を奪うのに、そんな回りくどい真似をする必要はない」

翠玲は小さく肩をすくめて、頭の上の木を指差した。

「あの木の枝に布か何かを結んでおくだけでいい。あなたはその身体では木に登れないし、ここから移動することもできない。朝になれば、あなたは見つかって殺される。今度こそ確実に」

それだけでいいのだ。わざわざ、自分の手を汚す必要がどこにある。

「でも、警戒する気持ちはわかるよ。殺されかけたんだから。むしろ、そのあとですぐに見ず知らずの人間を信用するほうがどうかしてるって思う」

翠玲は男に視線を戻して、とんと胸を叩いた。

「信じなくていいけど、自己紹介しておくよ。劉翠玲。父は劉珪紹。皇帝陛下の侍医を務めてる。私自身は、父から教わったことを生かして、麓の町の茶屋で働いてる。翠玲の薬膳茶は貴族の間でもちょっとした評判になってるんだけど、聞いたことないかな？」

そして、黙ったままの男に微笑みかけ、首にかかったままの手に自身のそれを重ねる。

「私のことは信じなくてもいい。信じる必要もないよ。でも、やつらに殺されてやるつもりもないんだろう？　だったら、使えるものは使いなよ」

翠玲を信じて、命を預ける必要なんてない。

生き残れる可能性が高い道を、選んでくれればいい。

「このまま一人でここにいるより、私を利用するほうが賢明だと思う。武装した男たちを相手にするより、小娘一人のほうが御しやすいだろう？　あなたなら、ろくに動けなくても私だけならどうとでもできる。今、こうして押さえ込めているように。そういう考え方でいい。私を信じる必要なんてない」

翠玲自身、この男に信じてもらうためにここに来たわけじゃない。生きてもらうためだ。

「あなたが生き残るために、私を使ってよ」

「…………」

ようやく、男が翠玲の首から手を離して、身を引く。

翠玲はホッと安堵の息をついて、ゆっくりと体を起こした。

「移動しよう。近くに小屋があるんだ。このあたりに詳しくない者には見つけづらい場所だから安心して。そこで手当てをして、身体を休めよう。もちろん、私に不審なところがあれば、すぐに逃げていいよ。その短剣で刺してくれても構わないから」

「山小屋など、危険だろう。見つかる可能性が高い」

冗談じゃないとばかりに、男がぴしゃりと言う。

生き残るために翠玲を使う気にはなってくれたようだけれど、大人しく指示に従う気は毛頭ないらしい。しんどいのか、肩で息をしているくせにだ。

(本当に手ごわいな……)

でも、そうでなくちゃと思う。生きるためには、そうあってくれなくちゃ。

「本当に、素人には見つけづらい場所だから。そうじゃなくても、夜の間だけでも臥牀で休むべきだと思う。早く身体を癒やすためにも」

つまりは、生き残る可能性を上げるためにもだ。

「日中もそこにいろとは言わないよ。男たちがいない、夜の間だけでも。駄目？」

「…………」

男は黙ったままだ。

翠玲は少し考え、脇に転がっていた荷物を引き寄せた。

「もちろん強制はしない。あなたの行動を縛ることは絶対にしないから、嫌なら別の案を考えるけど……山小屋に行くのが嫌な理由を訊いてもいい？」

「では、素人には見つけづらいというのは、具体的には？」

男が翠玲を見据えたまま、低く言う。

肉食獣の目だと思う。この男は、獰猛な獣だ。翠玲が不審な動きをすれば、すぐにでも喉笛を噛みちぎるだろう。

翠玲は男を見つめたまま、暗闇に沈む森を指差した。

「もう少し行くと、川がある。流れはわりと急で、向かう先は崖。高低差もかなりある。人が生き延びるには、飲み水は必須。山で潜伏者を探す場合は、水場の周りから探すのが定石とされてる。でも、さすがに滝の向こうを探そうとは思わないだろう？」

「……！」

思いがけない言葉だったのか、男が目を見開く。

「滝の向こう？」

「そう。その山小屋は滝の横——崖の中腹にあるんだ。ああ、大丈夫。安心してよ。その身体で、その足で、崖を下りろなんて言わない。緩やかな道がちゃんとあるから」

「だったら、やはり見つかりやすいんじゃないか？」

「その道も、その山小屋も、崖の上からじゃあ生い茂る木々に阻まれて見えないんだよ。だから素人では、見つけるのに苦労すると思うけど」

崖の上から覗き込んだぐらいでは、見つけることはできないだろう。

だが、万が一がないとは言い切れない。

「でもたしかに、山小屋に完全に腰を落ち着けてしまうのは危険かもしれない。それなら、日中は小屋の傍にある洞窟に隠れるといいと思う。それならどうかな？」

男が逡巡(しゅんじゅん)する。

その色を失った肌を、汗が滑り落ちてゆく。

（ああ、早く処置をさせてほしい……）

隠しているけれど、なんでもないかのように話しているけれど、毒は男の身体を確実に蝕(むしば)んでいる。それがわかるからこそ、もどかしい。

信じなくていいと言いながら、信じてほしいと思う。もうこれ以上頑張らないでほしい。

大丈夫だから。警戒を解いてほしい。処置させてほしい。

（あなたを脅かしたりしないから……）

きっと、助けてみせるから。

「もう一度言うよ。信じる必要なんてない。あなたが生き残るために、私を使ってよ！」

「…………」

自身の胸を叩いて熱心に言う翠玲に、ようやく男がわずかに緊張を解く。

瞬間、グラリと傾(かし)いだその身体を、翠玲は慌てて両手で抱き留めた。

「……言うとおりにしよう」

—＊◇＊—


天絳と名乗ったその男は、本当に厄介だった。

「わ、我儘だなぁ！」

「おい、我儘と言うな。信じなくていいと言ったのはお前だろうに」

思わず零れてしまった本音に、天絳がむっとした様子で眉をひそめる。

翠玲はやれやれと息をついて、上を仰いだ。


簡易的な臥牀に、木の小卓に床几。それだけでいっぱいの小さな山小屋。

もともと、何かあった時に避難するための場所であって、長く留まることを想定してはいない。そのため、小屋には粗末な家具と、傷などの手当てをするための薬と非常用の食糧がほんの少しずつ、あとは外に薪があるだけだ。

つまり、薬草も食料も飲み水も、身体を癒やすために必要なものはすべて翠玲が自宅から持ってきたのだが、男——天絳は最初、これに難色を示した。

見ず知らずの人間が用意した、何が入っているかわからないものを口にできないと。

目の前で翠玲が毒見しても、水すら口にしようとしなかったため、つい「その警戒心を、

なぜ毒を飲まされる前に発揮してくれなかったんだ。そうすれば、あなたもこんなつらい思いをしなくてよかったのに」と言ってしまい、それで男の態度がさらに硬化。

叱り、なだめ、頼み、拝みまでして、飲み水にかんしては、男の目の前で滝の水を汲み、煮沸した上で炭で浄化することで、折り合いをつけた。

それを、同じように目の前で煮沸消毒した水筒に入れて、天絳に身に着けてもらった。水瓶にためておくのは、眠っている間に細工される恐れがあると天絳が言ったためだ。

そもそも天絳を害する気なら、わざわざ山に助けに来たりしないのだけれど。

何度そう言っても、天絳は頑として首を縦に振らなかった。

強制はしない。嫌なら別の案を考えると言ってしまった手前、天絳が受け入れてくれる方法で治療するしかない。

飲まされた毒がわからない上に、それを口にしてからかなり時間が経過していたため、解毒剤を作ることは不可能だし、できたところで今さらそれは無意味だ。ここまできたら、毒を無効化するよりも、早く身体から排出することを考えたほうがいい。

利尿作用のある薬草は飲んでくれないため、とにかく水分をたくさん摂ってくれるようお願いした。限界まで飲んで、何度も出してほしいと。

その言葉にひどく驚いた様子で、「厠がないのにか？　どうしろと言うんだ」と言った天絳に、どうせ毒による左半身の痺れと歩行困難、そして膝と足首と腰の負傷で一人では立てないからと、尿瓶として口の広い小さな壺を渡したのだが、これもまた失態だった。

天絳は自尊心をひどく傷つけられたらしく、その日は一日まったく目を合わせてくれず、口もきいてくれなかった。

これにも土下座して謝り、なんとか一人で外まで行けるよう、天絳の膝と足首を痛まないよう布で固定し、杖を用意した。

その時点で薬草は断念したが——飲むだけでは体力は戻らない。食べなくては。

どんなものなら食べてくれるかと交渉したところ、食材は天絳が知っているもののみを使用。調味料も塩と砂糖以外は使用禁止。調理も茹でるか煮るか焼くかの簡易的なもので、すべての調理を天絳の目の前で行うよう求められた。少しでも天絳が理解できない不審な動きをしたら、それは絶対に食べないと。

吐血していたのだ。内臓もかなり傷ついていると思っていい。もとより消化に力がいるものを食べさせる気はなかったため、翠玲はそれを承諾した。天絳の目の前で重湯を作って、それを数回に分けて食べてもらった。

翠玲は陽が落ちてから山に入り、天絳の世話をして、臥牀でゆっくり休んでもらう。

夜が明ける前に天絳を起こし、彼の身体を支えて小屋の傍の洞窟へ移動。彼を隠す。

山小屋を片づけ、使用した形跡をできる限り消し、山を下りて茶屋へと出勤する。

陽が落ちたら、また山に入り、天絳を洞窟から小屋へと移動させて、その世話をする。

そんな生活が、すでに五日続いていた。

翠玲はもう一度ため息をついて、臥牀に座る天絳に視線を戻した。

「天絳……。どうしても駄目？　顔色もずいぶんよくなってきたし、体温も正常に戻った。毒による歩行困難はほとんど解消されて、左半身の痺れもなくなったんだろう？」

「ああ、だいぶいい。まだ本調子とはいかないが」

「それなら、今までは毒の排出が最優先だったけれど、傷を治すための治療も開始したい。そのためには、より栄養のある食事を取ってもらいたいんだよ」

「ここでの簡易調理では限界があるから、料理を作ってきたいと言うのだろう？　薬草も口にしてほしいと。冗談ではないな」

両手を合わせてお願いするも、つんとそっぽを向かれてしまう。

「もう五日だよ？　少しは信用してくれる気にはならない？」

「まだ、五日だ。信用を勝ち取れるようなつき合いの長さではないだろう」

「少しでいいんだよ？　少なくとも料理に毒を入れるようなやつではないな、ぐらい」

「悪いな。そもそも、私に毒を盛ったのは祖父の代から我が家に仕えていた一族の者でな。物心ついた時から一緒だった。二十年以上のつき合いだ。当然、料理に毒を入れるようなやつではないと思っていたよ」

壁を見つめる眼射しが、わずかに揺れる。翠玲ははっと息を詰めた。

「長いこと尽くしてくれていた。お前よりもずっと。あやつですら、裏切るんだ。人など、信じるものではない。そう学んだ」

「そう……だったのか……」

祖父の代から長きにわたって育んだ絆があったからこそ、心から信頼していたからこそ、天絳は疑うこともなく口にしてしまったのだ。

差し出された——毒杯を。

思わず、奥歯を嚙み締める。

ああ、それはどれほどの痛みなのだろう。

天絳の身体の病や傷はともかく、心の痛みは治せない。

(こういう時、疾医は役に立たない)

打ち砕かれた信頼、そして絆——。それらを失い、大きな穴が開いてしまった天絳の心を前にして、何もできない自分がもどかしい。

(でも、重湯や粥だけじゃ体力が落ちてしまう……)

毒殺を警戒するあまり、命を狙う者たちから逃げる——または対抗する体力を失っては、それこそ本末転倒だ。

なんとか、力になるものを食べてもらえないだろうか。

「目の前で、私が毒見しても駄目?」

おずおずと申し出るも、返す刀で反論されてしまう。

「お前に効かないからといって、私にも無害とは限らないだろう。事実、私の従者は全員その場で死んだ。私だけは幼いころから毒に慣らされていたから、なんとか逃げることができたんだ」

「……っ……」

そのとおりだ。毒の致死量は体重や体格、体質によって変わるもの。ぐうの音も出ない。

(でも、このままじゃ無駄に体力が落ちてしまう)

そうなれば、傷の治りが遅くなるだけではすまない。なんとかならないものか。

腕を組んでうーんと考え込むも、「そんなことより、なんのために湯を用意したんだ。早く身体を拭いてくれ」と言われてしまう。そんなことよりって。

翠玲は「大事なことなんだよ?」と言いながら顔を上げて——ふと動きを止めた。

(え……? 待って。今、身体を拭いてくれって言った……?)

ぽかんとして口を開けた瞬間、天緋がするりと寝間着の帯を解く。

「っ……!? ちょ、ちょっと待って! 私が拭くの!?」

「は……?」

翠玲はぎょっとして、天緋の手を押しとどめた。

「いや、用意したのは身体を拭くための湯だよ? 手ぬぐいも。それは間違ってないよ?

でも、拭いてくれってなんだよ？　それぐらい自分でやってよ。私、外に出てるから」

顔を真っ赤にして言う翠玲に、今度は天絳がぽかんとする。

「何を言ってる？　ここに来た夜には、血と泥と雨でどろどろに汚れた衣服を脱ぐのも、身体を拭き清めるのも、寝間着に着替えるのも、手伝ってくれたではないか」

「だってあの時は、あなた……意識が朦朧（もうろう）としてたから……」

さすがに、死にかけている人間を前に恥じらうことはない。そんなことをしている間に、死んでしまうかもしれないのだから。

だが、今は違う。

「と、とにかく、今は意識もあるわけだし、歩行とかはまだ手伝いが必要だけど、身体を拭くぐらいなら、不自由なく自分でできるはず……」

だから自分でやってくれと言う翠玲に、天絳が「何を生娘のようなことを」となんだか不満げに呟く。どういう意味だ。

「……お言葉ですが、立派に生娘です。嫁入り前だよ？　当たり前だろう」

「それ以前に、お前は疾医だろう？　男の裸など見慣れているのではないのか？」

「疾医なのは父だってば。皇帝陛下の侍医だって言ったでしょ？　女の私が、疾医として陛下にお仕えできるわけないじゃないか」

そもそも、疾医にはなれないのだ。女の身では。

「ああ、そうか。お前は茶屋で働いているんだったか」

「そうだよ。意識がはっきりしてからも、あらためて自己紹介したでしょ？　覚えてよ。信じてくれなくてもいいから」

「いや、覚えてはいるんだが、この国の医術や薬学に精通しているだけではなく、西方の大国の医学や、極東の島国の食物や薬草にも恐ろしく詳しい。それと茶屋で働いているというのが、どうにも結びつかなくてな……。つい、勘違いしてしまう」

「……その言葉は嬉しいけどね」

小さく苦笑して、湯桶（ゆおけ）と手ぬぐいを差し出す。

しかし、天絳はそれを受け取ろうとせず、ただじっと翠玲を見つめた。

「お前は疾医になりたくはないのか？」

「なりたいよ」

身体を自分で拭いてくれというのとどう関係するのだろうと思いつつも、迷うことなくきっぱりと答える。

「父の跡を継ぎたかった。今でも、毎日のように思ってるよ。女でさえなければって」

男になれるものなら、なりたい。

男の身体一つ手に入れれば、ほしいものすべてを得られるのに。

「私の家は、代々皇帝陛下の侍医を務めているんだよ。とはいえ、学者筋の貴族だから、身分なんてあってないようなものだし、暮らしだってほとんど庶民のそれと変わらない。財産と呼べるものは、たった一つ」

翠玲は、トンと指でこめかみを叩いた。

「世界中の医学、医術、薬学の知識と技術。それだけ」

しかし、それこそ金では決して得られぬ尊いものだ。かけがえのないものだ。

「でも、女の身ではそれを継げない。私が持ってる知識なんか、ほんの微々たるものだよ。父の頭の中には、比べものにならないほど膨大なそれが詰まってる。家の跡継ぎにしか、皇帝の侍医の任を継ぐ者にしか、教えない知識や技術もたくさんあるって聞いてる」

それがほしい。

それを継ぎたい。

その宝は失ってはならないものだ。

それなのに――ああ、どうして自分は女なのだろう?

父の一番の理解者であり、支えとなるべき自分が、なぜ。

「疾医だけじゃない。女では官吏にもなれない。師匠(せんせい)と呼ばれる多くの職業に就くことも。悔しいよ。悔しくないわけがないよ。ただ、女だというだけで」

「では、『これだから女は』と侮られるような真似はすべきではないだろう」

天絳がそう言って、やんわりと湯桶を押し戻す。

「この世の中、どこに好機が転がっているかわからない。お前の疾医としての価値に目をつける者が現れんとも限らん。そんな時に」

そして、そのままその手で翠玲の頬に触れ、その野性的な双眸を細めて微笑んだ。

「男の身体に恥じらって世話を躊躇っているようでは、話にならないのでは？」

「っ……」

漆黒の瞳が悪戯っぽく甘やかに煌めいて、言葉を失ってしまう。

翠玲は口をぱくぱくさせたあと、かぁっと顔を赤らめて俯いた。

(そ、外堀から埋められた……)

そんなふうに言われては、もう『恥ずかしいから自分でやって』などとは言えない。

——仕方ない。翠玲は肩をすくめて、湯桶の湯に手ぬぐいを浸した。

「異性に触れられるの、恥ずかしくないの？」

「まったく。私は生娘ではないからな。それに、あまり自分で自分の世話を焼いたことがないんだ。むしろ、すべてやってもらうほうがしっくりくる」

天絳の言葉に、それはたしかにそうなのだろうと思う。

(代々、従者を務める家系があるぐらいだしね)

翠玲の家とは比べものにならないほど、高貴な貴族の出なのだろう。

翠玲は手ぬぐいを固く絞り、天絳に向き直った。

「じゃあ……ええと……その……」

「恥ずかしがっていては駄目だと言ったろう？」

顔を真っ赤にしてもごもごと口ごもる翠玲を見つめて、天絳が楽しげに笑う。

（どうしてだろう？　寝たきりの病人や怪我人を異性として意識したことなんて、今までなかったのに……）

天絳相手だと、どうにも恥ずかしい。

しかし、天絳の言葉ももっともだ。女である以前に、疾医の矜持を持たずして侍医など務まるはずもない。

自ら『だから女は』と言われるような行動をしていては駄目だ。男以上にできてこそ、『女だというだけで』と嘆く資格があるというもの。

（これは、治療の一環だ。不潔にしていたら、治るものも治らないから。だから……）

そう自分に言い聞かせながら、震える手で帯を解き、寝間着を肩から落とす。

「っ……！」

露わになった身体に、思わずごくりと息を呑んでしまう。

生きるために無駄なものは一切ない、鍛え抜かれた肢体。

天絳を見ると、人間も動物なのだと思う。誇り高く獰猛な――孤高の獣。

（綺麗だ……）

見惚れてしまう。生命力に満ち溢れていて、ぞくぞくするほど美しい。匂い立つような色香も、自然界を生き抜く上で絶対的に必要なものだ。

(なんて綺麗なんだろう……)

強烈に憧れる。ああ、こんな男であったなら。

女ではなく、何にも負けない獣であったなら。

「……おもしろい反応をするな。お前は」

手ぬぐいを握り締めたまま動きを止めてしまった翠玲に、天絳が目を細める。

「眼射しにはこれでもかと熱が宿るくせに、女の顔をしていない」

「は……？　どういう意味？」

翠玲は眉を寄せ、首を傾げた。

「私は女だけど？」

嫌になるほど。

「女なのに、女の顔をしてないの？　男っぽいってこと？」

たしかに、化粧っけがないとか、男の子のようだとか、よく言われるけれど。

翠玲がそう言うと、しかし天絳は「そういう意味じゃない」とさらに笑う。

「熱い目で見つめるくせに、女としての欲望を感じてはいないなって言ったんだ」

「よっ……!?」

何を言っているのかと目を丸くすると同時に、天絳に「自信を失いそうだ。私に恋心を抱かない女はいないと思っていたのだが」とため息をつかれて、さらに唖然としてしまう。

「も、ものすごい自信……」

「事実を言ったまでだ。言い寄ってくる女が多すぎてな。万年食傷気味なんだよ、私は」

——大真面目な顔をして、いったい何を言っているのだろう。

呆れてものも言えない翠玲に、しかしさらに天絳は「実にからかいがいのある反応で、なかなかよかったぞ。満足だ」などと言う。

翠玲はむぅっと顔をしかめた。

「……からかってたのか」

「もちろんだ。なんせ退屈でな」

天絳がニヤリと口角を上げる。悔しいが、そんな仕草までかっこいい。

「ただの生娘よりは、おもしろい反応だった」

「それは褒め言葉じゃない！」

「そりゃそうだろう。褒めてはいないからな。さぁ、早く拭いてくれ。寒い」

「〜〜〜っ！」

なんて言い草だろう。先ほどまでとは別の意味で、顔が真っ赤に染まる。

（日に日に元気になってゆくのはいいけれど、同時に意地が悪くなってゆくのはどうにかかならないの?)

謎に包まれたこの男は、頭の回転が速く、なんとも口が上手い。翠玲の要求をするりと躱すだけではなく、退屈に任せてこうして翠玲を弄って遊ぶ。これで何度目だろう?

怒りのせいで恥ずかしさが薄らいだだけに、腹が立つ。

(これじゃまるで、天絳に、恥ずかしがらずにお世話ができるようにしてもらったみたいじゃないか)

悔しい。患者を説得できないばかりか、その患者に遊ばれてしまうなんて。

(明日こそは、絶対に首を縦に振らせてやるんだから!)

そう固く心に決めて、翠玲は天絳の肌に手ぬぐいを強く押し当てた。

—*◇*—

「怪我人?」

武偉の訝しげな声に、思わず手を止める。

「そう。運び込まれてねぇかってさ」

「段さんは瘍医だし、怪我人なんかしょっちゅう運び込まれてるだろう? 俺もつい先日お世話になったばかりだし」

「おうよ。だから、俺ぁ言ってやったんだよ。怪我人なら毎日来てるってな。そうしたら、この一週間以内に、一人で歩けないほどの重傷者が担ぎ込まれてねぇかって言われてな」

ざわりと背中が戦慄く。翠玲はごくりと息を呑み、ゆっくりと顔を上げた。

茶屋はいつもどおりの大賑わい。ちょうど昼時なのもあって、店内は満席だ。

いつものとおり、長卓のすぐ前の小卓には白と呂、武偉が。そこに今日はもう一人——段という名の壮年の男の姿があった。

「いたの？　そんな人が」

「いるわけねぇ。そんなのが担ぎ込まれてたら、騒ぎになってねぇわけがねぇだろうが。こんな小さな町でよ。だいたい、そんな重傷者、こんな藪にどうにかできるかい」

「あ、自分で言うんだ」

「うちに来た重傷者なんて、三年前に盲腸で担ぎ込まれた武偉ぐらいだって正直に言ってやったよ。爺さんのぎっくり腰や、婆さんの関節痛、子供たちの擦り傷、不器用な武偉の一向に減らねぇ仕事での怪我ぐらいしか、最近は診てねぇってな」

段が翠玲の茶を飲み干して、茶杯を小卓に置く。

「役人みてぇな格好してたが、匪賊にしか見えなかったなぁ。がらの悪い連中でよ。まぁ、俺も人のことは言えねぇが」

「そうだね。段さんこそ、一人や二人殺しててもおかしくない顔してるもんね」

「お前だって大した顔してねぇくせに。口には気をつけろよ？　武偉。消毒薬と間違えて毒薬を傷にぶっかけられたくなかったらな」

「……失言でした」

武偉が首をすくめて、小さな声で謝る。

その隣で、白が不思議そうに首を傾げた。

「で？　その役人もどきはなんて？」

「さぁねぇ。念のため確認しに来ただけだって言ってたな」

「あん？　なんの確認だよ」

「そんなの、俺が知るかよ」

段が干しなつめに手を伸ばしながら、肩をすくめる。

「ただ、人を探してるんなら協力しようかって言ったんだ。しかも、重傷者だってんなら、一刻を争う事態に陥ってる可能性だって高いわけで。人を集めてやろうかってな。でも、それは断られたんだよなぁ。必要ないって」

「なんだそりゃ？」

「わけがわかんねぇだろ？　でも、明朝にはこの町を離れるからいいんだって言ってよ。念のために確認しただけだから大丈夫だってさ。何が大丈夫か知らねぇけど」

「……！」

その言葉に、薬草の仕分けをしていた手が再び止まる。

「中途半端に変な話を聞かされたせいで、昨夜はまったく眠れなかったよ。重傷を負った急患が担ぎ込まれたらどうしようってな。まぁ、結局そんなことはなかったわけだが」

「段さんは藪だもんね」

「その藪に、この町で一番お世話になってるのはお前だぞ？　武偉」

「怪我が多いからなぁ、武偉は。とにかく注意力が散漫だから」

「病気には無駄に強くて、風邪の一つ引かねぇくせにな」

「け、健康はいいことだって、翠玲も言ってたぞ！」

わいわいと話している声を聞きながら、翠玲は息をひそめた。

（明朝には、この町を離れる……？）

昨夜、段のところに確認に来て、そう話していたということは、ではあの男たちはもうこの町にはいない？

（それってつまり、天絳は死んだと判断したってことだよね？）

はじめて翠玲が男たちを目撃した時、すでに彼らは「もう死んでいるんじゃないか」と言っていた。「長くはもたないだろうが」とも。

あとで天絳から、彼の従者は全員即死だったと――それほど強い毒を飲まされたのだと聞いて、納得した。

実際——山小屋にたどり着いて、灯りの下で彼を診察して、よくもまぁこんな状態で意識を保っていられたものだと唖然としたぐらい、天絳の状態はひどかった。

大袈裟でもなんでもなく、間違いなく天絳はあのまま死んでいただろう。

男たちの言うように『長くはもたなかった』。

翠玲が見つけていなければ。

たかだか五日で起き上がれるまでになったのは、奇跡と言ってもいいぐらいだ。

「…………」

天絳が倒れていた場所は、近くに川もある。そして山には、肉食の獣も多くいる。

それほど強い毒を飲んで、崖から落ちて、そのまま一週間近くも経過したのだ。そして、山の麓の集落にも、山から一番近くて瘍医のいるこの町にも運び込まれていないとなれば、死体が見つからなくても、獣に食べられて死んだと考えるのが妥当だろう。

翠玲でも、話だけ聞いたらそう考える。生きている可能性は低いと。

ましてや、天絳が口にした毒の効果を知っている者たちなら、なおさらだ。

「……っ……」

どくどくと心臓が早鐘を打ち出す。

一つ、危機は去った。これで天絳の治療を先に進められるかもしれない。

(ああ、早く天絳に知らせたい……！)

逸る気持ちを抑えながら、翠玲は入ってきた客に明るい笑顔を向けた。

「それで？　どうして山を下りなくてはならない？」

茶屋で聞いた話をして、夜のうちに茶屋に移動しないかという提案した翠玲に、天絳がひどく渋い顔をする。どうやら気が進まないらしい。

ほぼ予想どおりの反応だった。天絳が翠玲の提案にすぐさま頷いたことなど一度もない。必ず文句が出ると思っていた。

「どうしてって、天絳にはいいこと尽くめだからだけど？」

「私に？」

「そう。臥牀や寝具の質はぐっとよくなるし、日中に洞窟に隠れる必要もなくなるから、今よりももっと身体をゆっくり休めることができる。火をどれだけ焚いても不審がられることはないから、湯だってもっとたっぷり使えるし、何より食事がすごく変わる」

そう。それが一番重要。

「ここに持ってこられる材料にも、小さな焚火での調理にも、やっぱり限界があるしね。でも、茶屋で作った料理をここに持ってくるのは駄目だって言うし……」

「当然だ」

「でも、天絳が茶屋に移動してくれたら、天絳の出した条件を守った上で、使える材料が比べものにならないほど増えるし、料理の幅も一気に広がるんだ」

身体を癒やすにも、体力をつけるにも、まずは食事だ。

必要な栄養素をしっかりと摂取しなければ、治るものも治らない。

「あ、もちろん厠もある」

「……それが一番惹かれるな。文化的な生活に戻りたい」

天絳が大真面目な顔をしてそう言って――しかしすぐに再び眉を寄せる。

「だが、茶屋は不特定多数が出入りする場所だ。気が進まないな。そもそも、『明朝にはこの町を出る』という言葉が本当かどうかもわからないし」

「それはたしかみたいだよ。蘭月小姐……うちの常連さんで、家族で呑み屋を営んでる女性がいるんだけど、昨夜はじめて来た役人みたいな格好の男たちに頼まれて、握り飯を用意したって言ってたから」

「……！　それは……」

「ここのところ、日中も気をつけて周りを見ていたんだけど、山で見かけたあの男たちを町で見かけたことはなかったんだ。山の麓の小さな集落ではかなり過疎化が進んでいて、今住んでるのは高齢者ばかりだし、空き家も多いから、おそらく昨日まではそういうのを利用して寝泊まりしていたんだと思う」

そこを拠点に、毎日山に入ってさんざん探したけれど、死体は見つからなかった。

しかし日数も経過し、いよいよ生存の確率は低いだろうということになり、帰るために必要なものを揃えがてら、疲れた身体を癒やすために、はじめて町までやってきた。

「……なるほど。さらにそのついでに、万が一も考えて瘍医に話を聞きに行ったと」

翠玲は頷いた。

「段さんも蘭月小姐も、はじめて見た、はじめて来たって言ってたし、間違いないと思う。宿屋をやってる梁さんも、役人ふうの格好をしたがらの悪い匪賊がやたら呑むは騒ぐわで昨夜はさんざんだったたって零してた。でも、一昨日は客が来ないって嘆いてたから、やっぱり男たちは昨日はじめて町に来たんだと思うよ」

「お前、それ、尋ねて回ったのか？」

「まさか。そんなことしないよ。怪しすぎるじゃないか。茶屋に来てくれた常連さんが、顔なじみや私相手に話してくれたことだよ。――あ、誤解しないでよね」

翠玲は唇に人差し指を当て、小さく苦笑した。

「私相手に直接話してくれたことはともかく、お客さんの話を盗み聞いてそれを第三者に話すなんてこと、普段は絶対にしないよ。今回は特別」

事情が事情だし、常連さんたちも許してくれるだろう。

「あとは、不特定多数が出入りするって言ったけど、天絳は私の部屋に匿うつもりだから、基本的に人目に触れることはないと思うよ」

「お前の部屋？」

天絳が何を言ってるんだとばかりに、翠玲を見る。

「お前は茶屋に住んでいるのか？　しかし皇帝の侍医を務めるほどの疾医の娘で、貴族のはしくれなのだろう？」

「そうだよ。だから、私の屋敷（うち）は王都にある。屋敷と呼ぶのが恥ずかしいぐらいの家だけれど。この町は王都からほど近いとはいえ、それでも馬車で一日かかるからね。通いは無理だよ」

「というか、そもそも貴族の娘は働かないものだろう？」

「生活は庶民と変わらないって言ったじゃない。うちは貴族なんて名ばかりだよ。そもそも、父はかなりお金に無頓着な人でね……」

父だけじゃない。祖父も、さらには曾祖父までそうだったらしい。学者肌の人間には、よくあることだ。

給金が少ないことはおそらくないが、かといってあり余るほどもらっているわけでもない。

その上で、世界中の貴重な薬草や医学書を手に入れるためなら、基本的には金に糸目をつけない。

それだけじゃない。新たな病が見つかったと聞けば、その地に人をやり、新しい技術が生まれたと聞いては、その地に人をやる。たとえそれが、世界の果てであっても。そして、その記録を読み漁り、知識や技術を自身のものにするのだ。

そのためなら、どれだけでも金を積む。繰り返すが、どれだけでもだ。足りなければ、借金をしてでも。

一族の家長が代々そんな人間ばかりなのだ。それで裕福なわけがない。

かくいう翠玲も、大半の貴族の娘とは違って、自分を磨くことにも、条件のいい相手に嫁ぐことにも、まったく興味が持てなかった。

翠玲にとっては、知識を得ること、技術を身につけること、そしてそれを生かすこと。それがすべてだった。いや、過去形ではない。今も立派にそうだ。

知識を得るには、技術を身につけるには、先立つものが必要不可欠。

同時に、女の身でも、この知識と技術を生かせる場所がほしい。

「そういうわけだから、私にとっては、働かないなんて選択肢はありえないんだ。たとえ、貴族の娘であってもね」

綺麗な着物も、高価な歩揺もいらない。

贅沢で優雅な暮らしにも、興味はない。

ほしいのは、そんなものじゃない。

「だからね、天絳。貴族なのに家は結構貧乏だし、貴族の娘なのに働いてるし、暮らしは楽じゃないし、綺麗な着物も歩揺も持ってないし、素敵な男性と恋もしてないけれど」

なんだかぽかんとしている天絳を見つめて、翠玲はにっこりと笑った。

「私はすごく幸せだし、やりたいことをやれている毎日はとても楽しいよ」

「……！」

思いがけない言葉だったのか、ひどく驚いた様子で目を丸くした天絳に、翠玲は「女に生まれてしまったことが私の最大の不幸って感じかな？」と冗談めかして言って、さらに笑みを深めた。

「それでね？ もともと私が働く茶屋の二階は、従業員のための下宿になってるんだけど、今は私しか住んでないんだ。みんな家庭持ちばかりでね。厠もお客さん用とは別だし、厨も部屋に住んでいる者たちだけが使うものがある。つまり、今は私専用」

だから、基本的には誰にも会うことなく、すごすことができる。

「嫁入り前の私を気遣って、店主である楊さんですら勝手に二階に上がることはないから、安心してゆっくり休むことができるよ。だから、夜のうちに山を下りて、茶屋に行こう」

「…………」

「あ、大丈夫。ちゃんと天絳の身体に負担のかからない道を選ぶから。私も肩を貸すし、杖も使って身体をしっかり支えてゆっくり歩いていけば、傷が悪化することもないはず。それでも、朝には茶屋にたどり着けると思うし」

「…………」

「ここはめったに人が来ないし、人目につかないぶん安心できるのかもしれないけれど、でもこのままここにいても、傷の治りは遅くなるばかりだよ？　体力も落ちてしまうし。ね？　天絳」

脅威が一つ去ったのだから、思い切ってより治療に専念できる場所に移動するべきだ。

これからのことを考えても、絶対にそのほうがいい。

熱心に言うも——しかし天絳はぴたりと口を噤んでしまう。

そのまま何やら考え込んでしまった天絳に、翠玲はそっとため息をついた。

「うん、わかるよ。躊躇(ちゅうちょ)するのは当然だよ。だって天絳からしたら、私が嘘をついている可能性だってあるわけだしね？」

二十年来のつき合いで心から信頼していた従者に、裏切られたばかりなのだ。

まだ出逢って一週間足らずの翠玲を信用しろと言っても無理な話なのはわかっている。

でも、どうか首を縦に振ってほしい。これだけは。

嫌なことを強制するつもりはない。それは、約束したとおりだ。

だから、天絳が首を横に振った提案はすべて取り下げてきた。考えて、考えて、ほかの方法で対処してきた。

（だけど、これだけは……お願い！）

山小屋と茶屋では、できる治療が天地の差だ。天絳の身体のためにも、どうか承諾してほしい。

「…………」

天絳が険しい顔をしたまま、ため息をつく。

翠玲はびくっと身を震わせた。

「それは……」

「っ……！　お願い、天絳！　嫌だって言わないで！　なんでもするから！」

否定されたら、それで終わりだ。最初に約束している以上、提案を取り下げるしかなくなってしまう。

思わず、天絳の言を遮って叫んでしまう。

天絳が目を丸くして、ぱんと胸の前で手を合わせた翠玲を見上げた。

「いや、私は……」

「え……？」

何やら言いかけて、だがすぐに口を噤む。

そのまま再び考え込む天絳に、ひやりと背筋が冷える。

（ど、どうしよう……。また黙っちゃった……）

何かまずいことを言ってしまっただろうか？　いや、言った。彼の意見を聞くことなく、こちらの意向を押しつけ懇願するなど、強制と何が違うのか。

わかっている。わかっているが――これだけはどうしても承諾してほしい。

「あ、あの……天絳……？」

「……なんでもと言ったか？」

おずおずと問いかけると、天絳がぽつりと零す。

「……！　うん！　言ったよ！　なんでもする！　本当になんでもするから！　だから、お願い！　嫌だなんて言わないでくれ！　このとおりだから！」

胸の前で両手を握り合わせて、何度も力強く頷く。

天絳はそんな翠玲をじっと見つめて――満足げに口角を上げた。

「――いいだろう。お前の要求を呑もう」

「ほう……！　これはなかなか……」

「でしょう？　よかった！」

肉皮凍(豚足の煮凝り)を食べ、天絳が目を丸くする。翠玲はほっとして唇を綻ばせた。

煮凝り(にこご)りは細胞の組織と組織を繋ぎ、関節や骨を若々しく保つための栄養素がたっぷりと含まれている。豚足もとろとろになるまで煮込んでいるため消化もよく、ぷるぷるとした楽しい食感で食べやすい。骨折や重度の捻挫をした時には、重宝する料理だ。

時間はかかるが、調理方法は別段複雑ではないため、天絳に理解できない手順はない。つまり、彼が提示した条件の中で作ることができる。

豚足を茹でこぼしたあと、とろとろホロホロになるまで煮込み、旨味と栄養素が湯に十二分に溶け出したところを見計らって、湯に薄めの味つけをする。

そうしてさらに煮込んだあと、豚足を取り出し、骨から肉を外して細かく刻む。そして、湯に肉を戻して、それを蓋つきの平たい容器に入れ、しばらく置いておくだけだ。

山小屋と違い基本的に天絳が部屋を留守にすることがないので、常に天絳の目の届くところに置いておきさえすれば、作り置きができる。水も汲み置きできるようになった。

「今回は豚足で作ったけど、手羽先や牛もつ、魚でも作れるよ。そっちも美味しいよ」

すぐさま二つ目に伸びる箸を見て、もう嬉しくてたまらない。

昨夜作った胡桃みそも好評だった。温野菜に胡桃みそを添えただけの簡単料理だったが、しかし胡桃は驚くほど栄養豊富。それこそ、『生命力』を食すようなものなのだ。傷にももちろんのこと、毒で弱った身体には最高の食材だ。

今朝の大根の濃湯も綺麗に食べてくれた。あの天綘がだ。

（材料や調理法だけではなく使用する調味料にまで制限をかけたわりには、天綘は無駄に舌が肥えてて、山小屋での粗食はあまり食べてくれなかったんだよね……）

栄養が足りていない料理の上、それすらもろくに食べないとなれば、それこそ死活問題。

翠玲が『なんでもするから』とまで下手に出て懇願したのは、そういう背景もあってのことだった。

「ああ、ようやく私の能力を発揮できた気がする……」

喜びに打ち震えていると、天綘が参ったとばかりに肩をすくめる。

「正直、山小屋から茶屋へと移動したところで、私が出した条件はそのままなわけだし、それで何が変わるというのかと思っていたが……」

「まったく違うでしょ？」

「ああ。違うな」

天絳が、春菊の胡桃みそあえに手を伸ばす。よかった。別段小食というわけではなく、口に合いさえすれば、量も食べられるらしい。

「それに、今まで栄養というものを意識したこともなかった。料理は美味いか不味いか、私にとってはそれだけだったな」

「そういう人は多いよ。いや、そういう人のほうがって言ってもいいかもしれないかな。でも、毎日食べるものこそが天絳を作ってるんだよ」

だから、少しでも気にしてくれると嬉しい。今からだって、充分間に合うから。

「暴飲暴食を避け、すべての栄養を過不足なく摂取して、病気にならない身体を維持する。それが、健康を保つってことなんだ」

「病気にならない身体を維持する……？」

「そう。病気を未然に防ぐってこと。あるいは、未病の段階で治してしまう」

「……未病……」

翠玲の言葉を口の中で繰り返す天絳に、にっこり笑って頷く。

「それって、実は結構難しいことなんだよ。食事だけ気をつけても駄目。質のいい睡眠はしっかり取って、一日の疲れはきちんと抜くこと。決してため込まないこと」

そして、身体だけでも駄目だ。

「心が原因で罹る病もあるんだよ。心と身体は連動しているから、病気を未然に防ぐには、心も健やかでなくてはいけない。気鬱は早めに解消して、こちらもため込まないこと」

そうやって、病気の原因をあらかじめ潰してゆく。

それでも、ちょっとした『不調』はなくならない。でも、その『不調』の段階で適切な処置をすれば、『病気』は防げるものもある。

そのために重要なのは、やはり規則正しい生活と、日々の食事だ。

「私は、疾医にはなれないから。病気になってしまったら、それは治してあげられない。私がみんなのためにできることは、病気にならないようにする手助けだけだ」

『不調』を軽く見て、放っておかない。『不調』こそ、身体が発する合図だ。

それを見逃さず、病気になる前に『不調』を治す。

「それが、『食医（しょくい）』の考え方なのか」

思いがけない言葉に、思わず目を見開く。

翠玲はぽかんとして天絳を見つめた。

「え……？」

「いや、お前のそれは『食医』の心得ではないのか？『未病』という言葉に聞き覚えがあったんだが……違ったか？」

「ううん。違わないよ」

天絳からそんな言葉が出てくるとは思わなかったから、驚いただけだ。

「よく知ってるね。そうだよ。皇帝の侍医には、『疾医』と『瘍医』と『食医』がいて、『疾医』が病気を、『瘍医』が怪我を治す。そして『食医』が健康を守る。『五穀を養とし、五果を助とし、五畜を益とし、五菜を充とす。気味を合わせて之を復せば、以て精を補い、気を益す』ってね」

『薬食同源』——病気を治療する『医薬』も、日常の『飲食』も源は同じ。そのどちらも生命を養い、健康を保つためには欠かせないもの。

同じ料理でも、健康な時に食べるそれは『食』であり、しかし病気の時に食べるそれは『薬』となる。源は同じだからこそ、健康維持には普段の食生活が大事ということだ。

「ただ、何代か前から、『食医』は空席なんだって。『疾医』と『瘍医』は、病気や怪我の治療をするから、能力の高さは目に見えるものだし、その必要性もわかりやすい。だけど、健康を守る『食医』はそうじゃない。健康にすごせるのは『食医』の力によるものなのか、それともそうではないのか、正確に知ることは難しいからね。わからなくもないけど」

小さくため息をつく。

「効果を実感しづらくても、『食医』が侍医の中でもっとも位が高かったのはなぜなのか、もう少し考えてほしいよね。まず病気にさせないって、本当に大事なことなのに……」

まぁ、そんなことを天絳に零しても仕方がないのだけれど。

翠玲は苦笑すると、さっと立ち上がって、何やら考え込んでいる天絳に笑いかけた。

「とにかく、よかったよ。気に入ってもらえて。じゃあ、私は汗を流してくるね」

「ああ。約束は覚えているだろうな？」

天絳が顔を上げて、翠玲を見る。

翠玲は「え？　あ、うん。もちろん覚えてるよ」と首を縦に振った。

『茶屋に移動してくれるなら、なんでもする』という交換条件を持ち出したのは、自分だ。忘れたりしない。天絳は約束を守って、痛む足で頑張って山を下り、茶屋の二階の翠玲の部屋に来てくれたのだから。

今度は、自分が約束を守る番。

ただ、見返りとして要求されたのは、『そんなことでいいの？』と拍子抜けしてしまうようなことで、それには驚いたし、今でも『いいのかな？』と少し思っているけれど。

「食事のあとにする？」

「そうだな。――では、湯あみをしたら、来い」

「わかった。食器はその時に下げるね」

翠玲は「ゆっくりと、よく嚙んで、しっかり食べてね。お水も飲んでね」と笑顔で告げ、足早に部屋を出た。

「……あれは、どうやら意味がわかっていないな？」

ぱたんと音を立てて、扉が閉まる。

同時に、一人残された天絳がそう呟き、悪い笑みを浮かべたのを知る由もなかった。

「楽しめそうだ」


―＊◇＊―


「は……？」

翠玲は呆気に取られて、大きく目を見開いた。

「え？　な、なんで……？」

「なんでときたか。約束だからだが？」

天絳が、目を細めて意地悪い笑みを浮かべる。

なんだかものすごく楽しそうだ。

「何言ってるんだよ？　天絳の膝に乗る約束なんてしてないよ？」

「私が要求したのは？」

「下の世話をしろ」

「合ってるじゃないか。さ、乗れ」

天絳がニヤリと笑って、『さぁ、来い』とばかりに両手を広げる。翠玲は首を傾げた。いったいどういうことだろう？

世話をすることと、天絳の膝に乗ることが、どうしても結びつかない。

「えっと……？」

「まだわからないか？」

漆黒の双眸が、悪戯に煌めく。

「まったく、お前は本当におもしろいな。薬に食に——『健康』を作ることにかんしては皇帝の侍医にも劣らぬ知識を持ちながら、こちらについてはこうも疎いとは。同じ人間の身体のことだぞ？」

「え……？」

「だれが、排泄(はいせつ)の世話をしろと言った。初日にそれは拒んだろう、私のほうがな」

「えっ⁉」

翠玲はさらに目を丸くした。そうとばかり思っていたからだ。

「ええっ⁉　待って。でも……」

「尿瓶の件は忘れてないぞ。わりとしつこく根に持っている。なぜなら、あれほど矜持を傷つけられたのははじめてのことだからだ」

「………」

たしかに天絳は、排泄の世話をされることは頑として拒んでいた。まだ身を起こすのもやっとな状態の時から、排泄の際に翠玲の力を借りるのは、外に出ることのみ。

「でも、だって……下のお世話って言ったら……」

「たしかに、疾医の娘のお前が一番に思いつくのは、それだろう。だが、下半身の世話は、排泄だけを指した言葉ではないはずだ。まだわからないか？」

戸惑う翠玲を楽しみながら、天絳がさらに悪い顔をして笑う。

「男は、命が危うくなると射精したくなるものだ。己の種を……子孫を残すためにな」

「ッ……！」

耳を疑う。翠玲は唖然として天絳を見つめた。

(今、なんて言った――!?)

「幸い、命の危機は去ったが……しばらくそういうことをしていないのでな。早い話が、私は暇と欲を持て余している」

驚くほど率直な自己申告に、かぁっと顔が赤らむ。

「そ、そんなこと言われても……。それに天絳、そっちは食傷気味だって……」

「食いすぎて腹を壊したからといって、一週間以上も食事を抜けば、普通に飢えて死ぬ。そういうものだろう？」

「っ……それは……」

「それに、食傷気味だったのは、『女』にだ。『下の世話』で膝に乗るように求められてもまだピンとこないような『子供』ではなく」

「わ、悪かったね。『子供』で……」

仰るとおり、自分は子供だ。そういう経験はまったくない。これまで、色恋とは完全に無縁な世界で生きてきた。よって、知識らしいものもない。

同年代の娘たちと比べても、そういった点では子供すぎるぐらい子供だと思う。

むっと眉を寄せた翠玲に、しかし天絳はくすくす笑いながら、「むくれるなよ。お前を馬鹿にしたわけじゃない」と言う。

「だから、よかったって話だ。勘違いするな」

「よかった？」

「この状況になっても、目の前にいるのが『女』だったら、食指が動いたかどうか……。だが、お前を弄って遊ぶのはおもしろそうだ。実際、今までもおもしろかったしな」

「おもしろかったって……」

たしかに、山小屋でもさんざんからかってくれたけれど。

「褒められた気がしないんだけど」

「そうか？　私は褒めたつもりだが？　私に興味を持たせるとは大したものだ。それはどんなに美しい娘にも、高貴な生まれの娘にもできなかったことだ」

そう言われても、素直に喜ぶことなどできるはずもない。

「で、でも……さすがにそれは……」

「――大丈夫だ。嫁に行けなくなるようなことまではしない。それは約束しよう。恩人のお前を、都合よく使い捨てにしたりはしないさ」

天絳が安心しろとばかりに、笑みを優しくする。

「生きるために、お前を使う。これもその一環だ」

翠玲は息を詰め、天絳を見つめた。

『あなたが生き残るために、私を使ってよ！』

そう願ったのは、ほかならぬ翠玲自身だ。

「それに、私は約束を守った。今さら、勘違いしていましたと反故にするつもりか？」

そして、交換条件を持ち出したのも、翠玲だ。

すべて、自分から言い出したことだ。天絳はその提案に乗ったにすぎない。

(勝手に勘違いしたのも、私だ……)

それなのに、思っていたのと違ったからといって、拒否するのはどうなのだろう？

かと言って、二つ返事で承諾してしまえるようなことでもない。

「まぁ、嫌がる相手にがっつくつもりはない。無理強いする気は毛頭ないから安心しろ。お前が嫌だと言うなら、この話はなかったことにしても構わない」

そんな翠玲の思いを察してだろうか？　天絳が優しく言う。

選択肢があることに少しほっとしつつ、翠玲はおずおずと首を傾げた。

「でも、嫌だって言ったら、ご飯を食べてくれなくなったりしない……？」

「腹いせにか？　私をそこまで愚かだと？　そんなことはしない。私の身体のことだしな。この場所の安全性は確認できたし、お前の料理の有益性も理解できた。このまましばらく厄介になるさ。ただ……」

「ただ？」

「まぁ、少しだけお前の見方は変わるかもしれん。だが、それだけの話だ」

「っ……」

瞬間、じくりと胸が疼く。翠玲は、両手を握り合わせて俯いた。

どうしてだろう？　それはひどく重要なことのように思えた。

「それは……」

「あまり重く受け止めるなよ？　見方が変わると言っても、そんな大したことではない。お前にもできないことがあるんだなと思うぐらいのことだ」

「私にも、できないこと？」

「病人や怪我人のためなら、なんでもしそうだからな、お前は。事実、私はかなり厄介な患者だという自覚があるが、その私の要望にお前はほぼ完璧に応えてきただろう？」

「……！」

「怪我人を無視できない娘なら、ほかにもいるだろう。しかし、見ず知らずの男のためにここまでできる娘は……少なくとも私は知らないし、ほかにいるとも思えない。だから、なんと言うか、なんでも叶えてくれるような気がしていただけだ」

天絳がふと苦笑を漏らし、「甘えていたのかもしれないな」と言う。

「だから、我儘を言ってみたくなったんだ」

「天絳……」

「大丈夫だ。私は、させなかったからといってどうこう言うような小さな男ではないぞ。むしろ、無理をされるほうが嫌だな。できないことは、できないでいい」

「………」

じんわりと胸が熱くなる。嬉しい。そんなふうに思ってくれていたなんて。

それだけに、嫌だと思ってしまう。

約束を反故にした瞬間、天絳は二度とそういった我儘を口にしてくれなくなるだろう。それが、ものすごく嫌だ。

翠玲への警戒心が緩んできているからこそ、翠玲が今までやってきたことを少なからず評価してくれていたからこそ、出てきた言葉なのだと思うから。

(ただでさえ、天絳は二十年来の従者に裏切られたばかりなのに……)

その上で、見ず知らずの他人を信じるのは、本当に怖かっただろう。それでも、天絳は疑心暗鬼になることなく、翠玲の行いをちゃんと見て、評価してくれていたのだ。

だからこそ——小さな約束も大事にしたい。守りたい。

「っ……！」

女は疾医にはなれないけれど、少なくとも今の天絳にとっては自分は疾医だ。患者が疾医を信じられなくなったら——おしまいだ。

（ああ、そっか……。だからだ……）

信じていた者に裏切られた傷を、少しでも癒やしたい。身体の傷と同じように、心の傷も——この手で。

（天絳に信じていてもらいたいから……）

それは、たしかに翠玲にとって重要なことだった。

翠玲は一つ深呼吸をすると、まっすぐに天絳を見つめた。

「もちろん約束は守る。交換条件を持ちかけたのは私のほうだからね。勝手な解釈をして天絳の言葉を勘違いしたのも私だ。それでできないなんて言えないし、言いたくない」

「……！」

意外な言葉だったのか、天絳が驚いたように目を見開く。

「本当に大丈夫なのか？」

「そういうことにかんしては……あの……本当に疎くて……怖くないわけではないけれど、その……お嫁に行けなくなることはしないんだよね？」

おずおずと訊くと、天絳が安心しろとばかりに微笑む。

「ああ。約束しよう。そこまではしないし、するならちゃんと責任を取る。それぐらいの甲斐性はあるさ」

「責任を取ってほしいわけじゃないけど……」

「なんだ。好いた男でもいるのか？」

「え？　いないよ。なんで？」

「今のはそういう意味ではないのか？　嫁ぎたい人がいるから、責任を取るからといって最後までされても困るという……」

「いや、そうじゃないよ。……あ、でも、近い考えではあるのかな？」

臥牀の傍の小卓に置かれた空の食器を見て、翠玲は唇を綻ばせた。

「そもそも私は、誰かのもとに嫁ぐことに意味を見出せないんだ。私ぐらいの歳の娘は、少しでも条件のいい相手のもとに嫁ぐことに心血を注ぐでしょ？　だけど、私は……」

翠玲がやりたいことは、それではない。

「私は疾医にはなれないけれど、たしかにそれだけはとても残念だけれど、でも茶屋での仕事は楽しくて、やりがいがあって、本当に毎日充実してるんだ。人の健康を支える仕事。できることなら、ずっと続けていたいんだよ」

「……なるほどな」

納得がいったというように、天絳が頷く。

「今は誰のもとにも嫁ぎたくないから、責任を取ろうなどとしてくれるなということか」

「そう。嫁ぐ予定もないんだけれど、でもだからといってお嫁に行けないようなことをされるのも困る。だって、いつか心境の変化があるかもしれないし。だから、それを守ってもらえるなら……」

「……あえて再度確認するが、嫌ではないんだな？」

漆黒の双眸が、まっすぐに翠玲を射抜く。

翠玲はその眼射しを正面から受け止め、にっこりと笑った。

「恥ずかしいし、よくわかっていないのもあって少し怖いけれど、でも嫌ではないかな。天絳の役に立てるのは嬉しい」

きっぱりと言うと、天絳が「ははっ。この色気のなさよ」と声を立てて笑う。

「だが、それがいい。お前は本当におもしろいな」

天絳は楽しげに言って、翠玲を見つめたまま両手を広げた。

「さぁ、来い」

「っ……」

どきんと、心臓が大きな音を立てて跳ねる。

翠玲はごくりと息を呑んで、そろそろと臥牀に近づいた。そして、天絳に背を向けて、その端に腰を下ろす。

しかし、翠玲にできたのはそこまでだった。かぁーっと顔が一気に火照って、そのまま動けなくなってしまう。振り返ることすらできない。

どんどん速まる鼓動が、翠玲を追いつめてゆく。

「……ガチガチだな」

「そ、そりゃ、緊張はするよ。恥ずかしいって言ったじゃない」

笑いを含んだ声に、さらに顔が赤くなる。発熱したかのように、顔が、身体が熱い。

「……あれほどの医学の知識を持ちながら、おもしろいほど初心だな」

「そ、そんなに変……？」

後ろから伸びてきた手が、翠玲を優しく抱き締める。

身を包んだ自分のものとは別の体温に、力強い腕に、背中に感じる厚い胸板に、鼓動に、頬にかかる吐息に、ぶるりと身体が震える。

「おもしろいと言ったんだ。言葉は正確に聞け」

「でも、おもしろいと感じるのは、みんなと違うから……でしょ？」

「大多数と違うことは、『変』と同義ではないぞ？」

ゆっくりと、天絳の唇が翠玲の耳へと移動する。囁きが奥へと忍び込み、甘く刺激する。

翠玲はびくんと背中を弾かせた。

「あ……」

「得てして、稀少であるということが価値に繋がる。みなと違うお前には、価値がある。少なくとも、私にとってはそうだ」

「つ……そん……な……」

顔と身体だけではない。胸の内までもが熱くなってしまう。

(そんなふうに言ってくれるなんて……)

どうしよう。嬉しい。

「私にとって『おもしろい』は、これ以上はないほどの褒め言葉だぞ？　それとも、お前は変わり映えがしない、画一的だ、つまらないと言われるほうが気分がいいのか？」

「ん……そ、そんなわけ……」

「そうだろう？」

天絳の唇が、翠玲の耳朶を食む。

「あ……」

「だったら、素直に喜んでおけ」

耳たぶを咥えたまま、天絳が囁く。そんなささやかな刺激に、吹きかかる吐息に、顔がさらに火照ってゆく。そのくせ、寒いわけでもないのに身体がぶるぶると震えてしまう。そんな自分に戸惑いながら、翠玲はぎゅっと固く目を瞑った。

「て、天絳……。な、何をすればいい？　ご、ごめんなさい。世話と言っても私は、こういった経験が本当になくて……」

何をすればいいのか、どうすればいいのか、まったくわからない。

「い、医学の本は、読んだことがないわけではないんだけど……その……」

だからさすがに、赤ちゃんは鳥が運んでくるわけではないことは知っている。

「医学の本には、妊娠の仕組みなどは書かれていても、行為について詳しく説明されてはいまい」

「そ、そうなんだ……。だから、私……」

素直にわからないので教えてくれと言うと、天絳が笑い、ちゅっと翠玲の首筋を吸った。

「つ……あ……！」

「大丈夫だ。お前が何かをする必要はない。されるがままになっておけ」

「さ、されるがまま……？　で、でも、お世話だって……」

「身を任せてくれるだけで充分だと言っている」

そう言って、天絳が翠玲の耳に舌を這わす。

「つ!?　や……！　な、何!?　なんで、舐め……!?」

ぎょっとして身を弾かせた瞬間、天絳が翠玲の耳に唇をつけたまま笑う。

「なんで？　愛撫の理由を問われたのははじめてだな」

「愛撫？　あ、ああっ！」

その悪戯な舌が、耳の奥へと侵入する。頭の中に直接響くような、卑猥な水音。翠玲は目を見開き、びくんと身を弾かせた。

瞬間、あられもない声が唇から飛び出してしまう。激しい羞恥にかっと顔が燃えるも、堪えることができない。

ぞくぞくと何かが背中を這い上がる。天絳の熱い舌とぐちゅぐちゅという淫らな音に、さらなる声を上げてしまう。

「やぁっ……！　待……！」

「翠玲」

「っ……」

吐息だけの囁きに、全身がざわめく。

翠玲は息を呑み、さらにびくびくと腰を弾かせた。

(天絳が……私の名前を……)

どうしてだろう？　それだけで、身体の熱がさらに上がる。

そのせいだろうか？　震えがひどくなり、身体に力が入らなくなってゆく。

「て、天、絳……待って。なんか……変……」

「それはそうだろう。むしろ、変になってもらわなくては困る」

「え……？　変に、なって……？」

変になってもらわなくては困る、とは？

(天絳は、私を変にしようとしてるってこと……？)

それはいったいどういうことなのだろう？

肩で息をしながら眉を寄せた翠玲に、天絳がくつくつと笑う。

そして、そんな翠玲を優しく引き寄せ、褥(しとね)の上にそっと横たえた。

「お前はいちいち反応がおもしろいな」

「っ……！　あ……」

「大丈夫だ。そのまま、されるがままになっておけ」

圧(お)しかかってくる重さに、戦慄く。手も、腕も、肩も、胸も、何もかもが女の自分とまったく違う。

(これが男の人、なんだ……)

憧れ続けた——自分は決して手に入れられない、男の身体だ。

「天、絳……んっ……」

啄(ついば)むような優しいくちづけが、次々と降ってくる。額に、目蓋に、頬に、こめかみに。さらには、耳へ、首筋へ。

「……あ……」

そのくすぐったさに、そして恥ずかしさに、なぜだか声が漏れてしまう。抑えたくても、我慢できない。

（こんな変な声、聞かれたくないのに……）

奥歯を噛み締めるも、しかしその瞬間、天絳が耳たぶを甘噛みする。歯を当てたそこをねっとりと舐められて、あっけなく声を上げてしまう。

「あ、や……！　天……」

「恥ずかしいのはわかるが、逆効果だぞ？」

「え……？　逆、効果って……？」

「男という生きものは、相手が泣くまいとすればするほど泣かせたくなるものなんだ」

「……！　男、は……？」

「覚えておけ。隠されるほど、暴きたくなる。阻まれるほど、奥の奥まで進みたくなる。だから、お前が変になるまいとするほど、乱したくなる。逆効果だ」

「あ……！」

言葉とともに、触れるだけだった優しいくちづけが変化してゆく。翠玲の肌をなぞり、ちゅくっと音を立てて吸う。時に強く。ちくんと走った痛みを癒やすかのように、すぐさま舌が同じ場所をねっとりと這う。

「……ふ、ぁ……」

ぞくぞくと背中が戦慄く。怖いわけでも、気持ち悪いわけでもないのに、肌が粟立つ。

それは、さざ波のように瞬く間に全身へと広がってゆく。

甘く疼くような痛みを与えられるたび、身体の奥で何かを呼び醒まされてゆく。

「……あ……ん……」

自然と漏れてしまう声が、艶めかしさを増してゆく。

それがまた、恥ずかしい。

「あっ……！　待っ……！」

天絳が、翠玲の寝間着の合わせを大胆に開く。

白い肌が零れ落ち、翠玲は反射的に顔を背けた。

「〜〜〜っ！」

今にも燃えてしまいそうなほど、顔が熱くなる。

家族以外の者に肌を見られるのは、はじめてだった。

「……綺麗だな」

「あ、あまり……見ないでくれ……」

顔を背けて消え入りそうな声で言うと、天絳が楽しげに笑う。

「それは逆効果だと教えたろう？　翠玲」

「っ……だって……」

では、どうしろというのか。

「じゃ、じゃあ……恥ずかしいから、見ないでほしい時は……どうしたらいい？」

嫌でやめてほしい時は？

嫌がっても相手が燃え上がるだけなら、そういう時はどうすればいいのか。

「……なんだ、お前。これも勉強するつもりなのか？」

翠玲からしたら、わからないから訊いただけなのだが、しかしやはり普通から外れた言動だったらしい。よほどおもしろかったのか、天絳が声を立てて笑う。

「だ、だって……」

「教えてやってもいいが、あとでな」

「え……？　あ、あとじゃ、意味がな……あっ！」

天絳が寝間着から零れた胸を手で包み込む。そのままやんわりと弄ばれて、翠玲はびくりと身を震わせた。

「あ、や……」

「……当たり前なんだが、身体はちゃんと女だな」

その柔らかさを楽しむかのように撫で回しながら、その頂の色づいた部分を指先で円を描くように刺激する。

「んっ……ぁ……」

「その道何十年の侍医も顔負けの知識と技術を持ち、並の娘では考えられない志を抱き、それを自らの手で叶えてみせる――大の男にも決して引けを取らない強さも備えている。だが、色事にかんしては子供すぎるほど子供で」

次第に先端が固さを持ち、自己主張をはじめる。それをさらに捏ね、押し潰す。

「あ……！　ん、は……」

「身体は年相応に、瑞々しい……。本当に、お前は興味深い」

天絳が固くなった突起を摘み、爪弾く。

「んっ……！」

「さらに別の顔を見てみたいと思わせる」

「あ……天絳……」

じんとした甘い痺れが、そこから全身へと広がってゆく。

それに呼び醒まされるかのように下腹部が切なくなり、その奥に熱がたまりはじめる。

翠玲は息を詰め、目を見開いた。

「もっと、お前のことを知りたくなる」

「んっ……！　あ、ぁ……！」

まるで天絳の唇に、舌に、指に、手に、言葉に反応するかのように、身体の奥に何かが息づいてゆく。これは何？

（な、何……？）

それは、不思議な感覚だった。触れられているのは胸なのに、まったく関係ない部分が疼き出す。いったい何が身体に起こっているのだろう？

わからない。翠玲はそんな自分に戦慄き、震えた。

（なんで……？　なんで、こんな……）

触れられていない場所が熱くなってゆくのだろう？

「あ、あ……天絳……」

はじめて知る官能に、ひどく戸惑う。どうしていいかわからない。

そんな翠玲の反応を楽しむかのように、天絳が執拗にそれを繰り返す。

小毬のような翠玲の胸を手のひら全体でさすり、揉みしだきながら、突起を指で押し潰し、捏ね、かと思えば摘み、抓り、爪弾き、引っ掻いては、優しく撫でさする。

翠玲の耳を、首筋を、鎖骨を、舐め味わいながら。

「あ、んっ……天絳……あ……」

「初心だがちゃんと女の反応だな。いや……乙女の、と言うべきか？」

「ん、ふ……あ、あ」

「疾医の一面、男顔負けの一面、子供の一面、乙女の一面……ほかにどんな顔がある？　お前はその身体の、心の奥に、まだ何を隠している？」

「あ……あ、あ……」

「それを、見たい。知りたい。すべてを——暴きたい」

「っ……」

疼きはますますひどくなる。翠玲は背を震わせ、身を捩った。

「ん……ふ……」

翠玲の中で、何かが変わってゆく。最初はゆっくりと。だが確実に。身の内に生まれた何かが、翠玲の理解の範疇を超えた変化をもたらしてゆく。

天絳が吐露したように、翠玲のすべてが暴かれていくかのようだった。

「あ、あ……こんな……？」

翠玲も知らない自分が、天絳によって引き出されてゆく。

「あ、ん……！」

身体の芯がどんどん熱くなり、その熱で身体が蕩けてゆく。下腹部あたりが切なくなり、足の間が潤んでゆくような、未知の感触にさいなまれる。

（な、に……？　いったい何が……？）

何が起こっているのか、まるでわからない。

そして、なぜそんなことが起こっているのかも。

（わ、私……どうしてしまったんだろう……？）

次々と湧く疑問に——しかし翠玲にはもう、冷静に考えることなどできはしなかった。頭が痺れて、思考が上手く働かない。

「や、……んっ……！　は……ぁ……て、天絳……」

もじもじと膝をすり合わせていると、それに気づいた天絳が薄く笑って、つんと尖った胸の突起をやや乱暴に爪弾く。

「あっ……！」

「お前の類稀な色気のなさは、それはそれでおもしろかったが……」

「や……！　そこ、抓らないで……！」

「さすがにこういう状況になれば色めくな。美味そうだ」

翠玲の首筋に舌を這わせながら、天絳が心の底から楽しそうに言う。

「んっ……あ！」

天絳の大きな手が胸の膨らみを包み込み、力強く揉みしだく。唇はそのままゆっくりと下へと向かい、鎖骨に甘く歯を当てられる。

「んっ……！」

与えられる小さな痛みと、そのあとに来る快感が、翠玲を追い上げてゆく。

「あ……は、ん……」

天絳の唇が肌を這い、膨らみの頂の突起を食む。ちゅくりと強めに吸われて、びくんと身体が跳ねる。

「ん、あ！　あっ……！」

翠玲はぎくりとして、身を強張らせた。

「あ……！　だ、駄目……！」

ゆっくりと下がってきた手が、寝間着の合わせから中へと滑り込み、翠玲は慌てて天絳の肩をつかんだ。

しかし、天絳の身体を押し戻すことはできなかった。縋るように天絳の寝間着をつかむことしか。

(力が、入らない……)

頭が痺れてしまっているように、身体もまた言うことを聞かない。

「て、天絳……駄目……」

「駄目？　何がだ」

「っ……そ、そこは、なんか……変で……」

顔が真っ赤に火照る。――どうしよう。なんて言えばいい？

「な、なんか……変だ。ご、ごめんなさい……。汚れるから、触らないで……」

「汚れる？」

天絳が眉を寄せ――しかしすぐに納得した様子で、「ああ、そういうことか」と言う。

「っ……！　や……駄目……！」

構わず両足の間に滑り込んできた手が、翠玲のとろとろに濡れた秘所にたどり着く。

天絳の指が優しくそこをなぞると、まるでそれを待っていたかのように何かがとろりと溢れ出す。

「あっ⁉　ま、待って！　やっ……！」

なんて、はしたない。ひどい粗相だ。あんなところをとろとろに濡らしているなんて。

しかし凄まじい羞恥にさいなまれた瞬間、翠玲の意に反して、またそれはじわりと溢れた。

「っ……！」

とろりと零れる感触。ああ、なんてことだろう。恥ずかしさで死んでしまいそうだ。

「あ、あ……あ……」

「濡らしているのがそんなに恥ずかしいか？　だが男としては、そうなってくれなくては困るのだがな」

恐れ慄き——震える。そんな翠玲の頬にくちづけを落とし、天絳が優しく笑う。

「え……？」

「濡らしてくれなきゃ困ると言った。それは、触れられて気持ちよかった証拠だからな。基本、お前が変だと感じたことは、それで正しいんだ」

「正、しい……？」

「ああ。さっきも言ったろう？　変になってくれなくては困ると」

信じられなくて、戸惑う。本当に？　こんなことが、本当に正しいのだろうか。

「そんな……あっ！」

「奥に入れないのが、残念だ。一応、ここは守ってやる約束をしたからな」

指が溢れる蜜をすくい取り、とろとろに濡れた秘裂の上――薄い皮膜に覆われた秘玉を転がすように刺激する。

「っ！　あっ！　ああ！」

瞬間、大きな快感が全身を貫く。翠玲は息を詰め、まるで雷にでも打たれたかのように激しく身体を弾かせた。

「あ、ああ！　そこっ！　駄目っ……ああ！」

強く、甘すぎる愉悦に身を捩る。

生理的な涙が零れ、こめかみを濡らす。

「あ、あ……！　やだ……！　変っ！　あぁっ……！」

「変にさせているんだって言ったろう？」

「や、ぁ！　あぁっ！　そんな！　あ！」

「もっと鳴け、翠玲。私はそんなお前が見たい」

「ふ、あ！　んっ……んんっ……！　駄目！　やぁ、ああ！」

ぷっくりと顔を出した花芽を愛液でぬめる指でさらに弄り、固く尖った両胸の頂を食む。そのままちゅくちゅくと吸って、舌先で転がす。天絳のやることなすこと一つ一つに腰がびくびくと跳ねる。ひとときもじっとしていられない。

「あ、あぁ、待……！　あぁっ……！　ん、んぅ……！」

はじめて経験する、激しすぎる官能。

目の前がちかちかして、何も考えられなくなってしまう。

本能的に――つまりは動物のように、反応することしかできなくなってゆく。

「っ……！　んっ！　ふ、あああっ……！　あ、んっ……！　そこ、やっ……！」

「気持ちいいの間違いだろう？　どんどん溢れて、私の手を濡らしているぞ」

「や、だ……！　言わな……あぁっ！」

羞恥に、さらに快感が増した気がするのは気のせいだろうか。

息もつけない悦楽に、翠玲はぶるぶると身体を震わせた。

「あ、あああっ！　天絳っ！　変……っ！」

得体の知れぬものが、込み上げてくる。目の前が白く染まってゆく。

何かが、翠玲を凌駕する。

「ああ！　変っ！　いや……っ！　い、やぁあ！」

「大丈夫だ。それは怖いものではない」

天絳が、妖しく笑って、翠玲の胸に歯を当てる。

「安心して、達け」

「つ……！　や、ぁ！」

天絳が胸の頂を強く吸い、さらに激しく秘玉を弄ぶ。

翠玲は背を弓なりに反らして、大きく目を見開いた。

「ああっ！　ん、や……！　あ、あぁぁあっ！」

刹那――目の前が弾けて、大きな官能の波が翠玲を忘我の海へと押し流す。

翠玲になす術などあろうはずがない。

翠玲はそのまま呑み込まれ、白い世界へと堕ちていった――。


―＊◇＊―


漉き紙を張った雪洞の灯りが、妖しく揺らめく。

「あ、あ……！　天絳……！」

天絳が翠玲の胸を手で包み、その尖りに舌を這わせる。ちゅくっと音を立てて吸われて、翠玲はビクリと背を弾かせた。

「ふ、んん……」

「この数日でずいぶんと、反応がよくなったな。やはり、お前は頭がいいらしい」

「あっ！　や……そ、そこで……」

つんと勃ち上がった突起を口に含んだまま話す天絳に、いやいやと首を横に振る。

『話さないで』までは言葉にならなかった。軽く歯を当てられただけで、ぞくぞくと甘い快感が背中を駆け上がって、伝えるべきことを見失わせてしまう。

「ん、ふ……」

はじめて快感を知ったあの夜から、すでに一週間。天絳は毎晩、翠玲に触れる。飽きることなく、ひどく楽しげに。

「官能を覚えても、お前の普段の色気のなさはあまり変わらなかったが」

「ひゃ、ぁ……！　んっ……！」

ただ、話しているだけだ。これは愛撫ではない。内容だって、甘い睦言（むつごと）とはほど遠い。それなのに、天絳の唇の動きに、熱い吐息に、敏感に反応してしまう。

それが、たまらなく恥ずかしい。

「あ……だか、ら……！　あ、ん……！」

しかし恥ずかしく思うほど、身体が熱くなってゆく。

「は……あ、ん……！」

舌がねっとりと鎖骨をなぞり、翠玲の肌の甘さを味わいながら、首筋へと上がってゆく。

同時に、片手は下へ。滑らかな布地越しに、すでに快感に震えている太腿に触れる。

「んっ……あ……」

「こんなことははじめてだな。今までの女は、すぐに私に溺れたのに……。自信をなくしそうだ」

「ふ、ん……！　あ……自信、を……？」

なぜ？　意味がわからないのは、甘い愉悦に思考が蕩けてしまっているからだろうか？

「天、絳……？　意味が……」

わからない。どうして、自分に相変わらず色気がないことで、天絳が自信をなくすのか。

「わから、な……あ、ん……！」

天絳の手がゆっくりと衣の中へ侵入し、太腿を撫で上げる。肌を味わうように動く手に、さらに息が乱れてゆく。

「あ、あ……！」

「わからないか？」

翠玲の耳にその唇をつけ、天絳が甘く囁く。

「んっ……！　わから、な……い……」

「お前も言っていただろうに。お前ぐらいの年頃の娘は、少しでも条件のいい男のもとに嫁ぐために、さまざまな努力をしていると」

内腿の柔らかさを楽しむ手に誘われるように、切ないものが下腹部に集まってくる。出口を求めて渦巻き出したその『何か』に、翠玲は唇を噛み締め、身を捩った。

なんだろう？　疼く。温かい蜜が溢れ出し、両足の間ははしたないほど潤んでいるのに、その奥はまるで乾いてゆくような——そんな感覚。

この得体の知れぬ焦燥感は、なんなのだろう？

「それが、な、何……？」

「お前は私がほしくならないのか？」

蜜に潤む秘裂を、ぬるりと指がなぞる。

瞬間、快感が背中を這い上がる。翠玲はびくびくと腰を弾かせ、目を見開いた。

「んんっ……！」

(天絳を、ほしく……？)

秘所からとろりと蜜が溢れ出す感触に、翠玲はふるふると身を震わせた。

「ほ、しく……？」

「そうだ。ほしいと思えば、普通は相手の気を引こうとするものだろう？」

「気を、引く……」

身体を支配する官能のせいで、天絳の言葉がいまいち理解できない。ただ、鸚鵡返し（おうむがえ）しに言われたことを繰り返すことしか。

「そうだ。気を引きたいから、相手の目に魅力的に映るように自分を磨く。相手を想い、ほっすればほっするほど、『女』になってゆく。男を誘い、惑わせ、堕とせる『女』に」

天絳が「そういうものだと思っていたが」と言って、翠玲の耳の奥に舌を忍ばせる。

ぐちゅりと頭の中に響いた淫猥な音に、翠玲はさらに甘い声を上げ、身を捩った。

「あ、あ……！　天絳っ……！」

「そんな熱い声で呼ぶくせにだ。普段のお前は何も変わらない」

「ん、それ……は……」

「そんなお前はすこぶるおもしろいと思うし、ますますもって興味を引かれるが、同時に落ち込みもするな」

天絳が少しだけ身を起こして、翠玲を見つめる。

漆黒の双眸が、甘やかに煌めいた。

「もっと早くに、抱いてくれと言い出すと思っていた」

「……！　抱い、て……と……？」

目を見開くと、天絳が思わずといった様子で苦笑する。

「考えもしなかった、みたいな顔はやめろ。さすがに傷つくぞ」

「え……？　そ、そんな……顔は……」

淫靡(いんび)な水音を立てて、指が蜜口を撫でる。

「んっ……あ……！」

「このまま貫いて、すべてを奪ってやったら——お前はどのように変わるのだろう」

熱が身体の奥で渦巻いて、自然と腰が揺れる。

生理的な涙に、瞳が濡れる。翠玲は唇を噛み、切なく身を捩った。

「ん、う……！　あ、ん！」

「試してみたい気もするが……恩人に無体なことをするのはな……」

「あ、ぁ……何……？　何を、言って……」

天絳が何を言っているのかわからない。翠玲は頭を振り、問うような眼射しを向けた。

ただ、説明してもらえたところで、理解できるかは怪しいけれど。

「ん、あ……！　天絳……」

濡れた花びらはひくつき、とろとろと蜜を零す。

天絳はふっと目だけで笑い、さらに誘うように秘裂をなぞった。

「ん、ふ……あ、あ、あぁ……」

「私は、まだまだものを知らぬということだ。女のことですら」

妖しく蠢く指に翻弄されながら、翠玲は唇を噛んだ。

(ちゃんと、天絳の話を聞きたいのに……！)

今夜は、昨日までと何か様子が違う気がするのに。

そして、何か重要なことを言っているような気がするのに。

官能が、すべての邪魔をする。考えることはおろか、ちゃんと聞くことすら難しい。

「あ、あ……天、絳……！」

翠玲の呼びかけに答えるように、その悪戯な指が翠玲の花芯に触れる。

「あっ……！　んんっ！」

甘い愉悦が身体を走り抜けて、背を弓なりに反らす。

「ああ……っ！」

そんな翠玲に、天絳が再び覆い被さり、熱い身体全体で翠玲を包み込む。

そしてその耳を食み、奥へと舌を忍び込ませる。

「や、ぁ……！　あ！」

「はたして、一週間もあったのに陥落させられなかった私が情けないのか、それとも一切心を動かされなかったお前がすごいのか、どちらなのだろうな？」

ねっとりと耳を舐めて、天絳が囁く。

「んんっ……！　あ、天……」

「だが、不思議と満足だ。お前のその高潔な志は、この程度で揺らぐものではなかったと知れた。どんなことがあっても、お前だけは人のためにあり続けるのだろう」

「……！　ふ、ぅ……あぁ、あ！」

「きっと、どこかでお前だけはそうあってほしいと思っていたのだろうな。色や金で惑うお前を見たくはなかった」

「何、を……？　んっあ……天絳……？　ああっ！」

なんのことかと眉を寄せた瞬間、花芯をぬめる指で強めに引っ掻かれる。びりびりとした快感が身体を突き抜け、翠玲はあられもない声を上げた。

「あ、あ……！　や、ぁあ！　そこ、いやぁっ……！」

指が秘玉をこれでもかと転がし、弄ぶ。がくがくと腰が揺れる。どっと淫らな蜜が溢れて、敷布にまで滴る。

だが、それだけじゃない。同時に耳を舐め犯され、胸の飾りを摘まれ、引っ張られる。さらには引っ掻き、押し潰し、捏ね回され、思うままに弄くられる。

「あっ！　や、ああ、あ……っ！　待っ……！」

複数箇所、同時に激しく責め立てられる。急にどうしたのか。

襲い来る、そのあまりにも強く大きな快楽に耐えられず、いやいやと頭を振った。

「待っ……いや！　んっ……あ、ゆっく……り、あっ……！　あぁっ……！」

切れ切れの懇願は届かず、天絳は止まらない。

臥房に響く淫靡な水音が、翠玲をさらに追い詰め、翻弄する。

（な、何!?　どうしたの!?）

昨日までの天絳と、あきらかに何かが違う。

しかし、快楽に浮かされた頭では、それが何かわからない。思考することもできない。

「て、天……絳っ……！」

息が上手く吸えないほど、追い立てられる。

背中を反らし、喉を仰け反らせて、あられもない声を上げても、それでも微塵も楽にならない。苦しいほどの快感に、足の爪先まで強張る。

「――っ！　あ、あぁっ！　は、んんっ！　天、絳っ……！」

「お前はそのままでいろ。――いてくれ。翠玲」

「っ……！　ふ……ああ、あ、ああっ！」

花芽をことさらに激しく嬲(なぶ)り、そのくせ唇は優しく、囁きは甘く、翠玲を狂わせてゆく。

ああ、もう天絳のことしか考えられない。

頭の中が真っ白に染まり、意識が遥かなる高みへ昇ってゆく。

「あぁああぁあぁあっ――……！」

抗うことのできない、官能。

呑み込まれ、押し流されて、すべてが遠くなってゆく――。

初々しく滲む、朧月。

ひやりとした夜風が、どこからか甘い香りを運んでくる。

眠る翠玲のしなやかな肢体に敷布をかけると、天絳はゆっくりと立ち上がった。

膝も、足首も、腰も、身体のどこにも痛みはない。それを確認して、小さく苦笑する。

「あの傷を、たかだか二週間と少しで治してしまうとはな……」

経験上、完治するまで一ヶ月はかかるであろう怪我だったはずだ。それほどひどかった。

しかも、それだけじゃない。毒まで飲まされていたのに。

それだけの重症だったにもかかわらず、薬草の類はすべて拒否した。

そんな患者を、わずか半月で。

「お前は本当にすごいな」

臥牀の傍らに膝をつき、翠玲の黒髪を指ですくい上げる。

「礼を言う。劉翠玲」

天絳はそう言って、その髪にそっとくちづけした。

「――だが、すまない。時間切れだ」

外で、かすかな物音がする。どうやら来たようだ。

天絳は優しく目を細めると、翠玲の頬をそっと撫でた。

「では――さよならだ。翠玲」

―＊◇＊―


「翠玲！」

武偉の声に、翠玲はハッとして顔を上げた。

「あ……」

瞬間、店内の騒がしさが耳に入って、ようやく今が営業中であることを思い出す。

「またぼぅっとしてたみたいだけど……大丈夫？　体調でも悪いの？」

いつの間にか長卓の前に立っていた武偉が、ひどく心配そうに翠玲の顔を覗き込む。

翠玲は慌てて笑顔を作り、首を横に振った。

「う、ううん。大丈夫。ご、ごめんね？　なんだった？」

「いや、用を頼んではいないよ。ただ、白さんが話しかけても返事がなかったから……」

「あ……」

長卓の前の小卓を見ると、白と呂、そして蘭月小姐もまた心配そうにこちらを見ていた。

「ご、ごめんなさい……。私……」

「いいけど……。ねぇ、翠玲。何か悩みごとでもあるの？　仕事が好きで好きでたまらない
あなたが、ここのところずっとぼんやりして……」

そのとおりだった。この一ヶ月、仕事にまるで身が入っていない。大きな失敗こそまだしていないものの、それはただ運がよかったにすぎない。

(薬草には、量を間違えたら危険なものだってあるのに……)

もちろん、茶屋で扱える薬草には人の命にかかわるような危険なものはない。しかし、それでも気もそぞろな状態で扱っていいはずはない。

間違った調合をすれば、身体を壊すのは翠玲ではない。それを飲んだ人たちなのだ。

そして、それによって評判を落とすのも翠玲だけでは済まない。翠玲は雇われの身だ。この茶屋にも、そして店主である楊にも迷惑がかかってしまう。

「……っ……」

思わず、唇を噛む。

そんなことは重々わかっているのに、気を抜くとすぐに天絳のことを考えてしまう。

一ヶ月前——突然消えてしまった彼のことを。

(天絳……。どこに行ったんだよ……)

たしかに、毒に蝕まれた身体は癒え、怪我も完治まであと一歩のところまできていた。無理さえしなければ、普通の生活に戻るぶんには問題ないだろう。

でも、天絳は命を狙われていた。

(何も告げずに出て行った理由が、命を狙う存在に見つかったからなのだとしたら……)

まだ万全ではない状態で、はたして天絳は無事に逃げられたのだろうか？

それを考えるだけで、胸が潰れそうになってしまう。

（ああ、天絳……）

今、どこで何をしているのだろうか。身体は大丈夫だろうか？　ちゃんと食べているだろうか？　眠れているだろうか？

生きて――いるだろうか？

「……っ……」

心配で、何も手につかない。夜もろくに眠れない。もちろん、そんな状態で仕事に身が入るわけもない。

こんなことではいけないと思っていても、どうしても天絳のことが頭から離れない。

「ごめんなさい……」

しゅんと下を向くと、蘭月が「そんな謝らなくていいから……」とひらひらと顔の前で手を振る。

「でも……」

「ねぇ、翠玲。私でよかったら、相談に乗るわよ？　何か悩んでることや困ってることがあったら言ってね？　最大限力になるから」

その言葉に、ずきんと胸が疼く。

「翠玲にはいつも助けてもらってるもの。私にできることなら、なんでもするわ」

「蘭月小姐……」

「そうだぞ。この町には、翠玲の力になりたいやつしかいない。何かあったら、いつでも言ってくるんだぞ」

「白さん……」

「お、俺もだよ、翠玲。いつでも力になるから、なんでも言って」

「武偉……」

温かな言葉に、唇が綻ぶ。

「うん……。みんな、ありがとう……」

もちろん、天綘のことを話すわけにはいかない。

相談はできないけれど、しかしその思いはとても嬉しい。

(この人たちの顔を曇らせちゃ駄目だ……)

天綘のことが気になるからといって、周りに心配や迷惑をかけていい理由にはならない。

翠玲が天綘を案じるように、みんなもまた翠玲を気にかけてくれているのだ。

その思いをないがしろにするような真似は、してはいけない。

(しっかりしないと……!)

深呼吸を一つ。そして、あらためてお腹に力を込めた——その時。馬の嘶きが聞こえて、ハッとして表を見る。

茶屋の前に、何やら立派な馬車が止まる。翠玲は新しい茶杯に手を伸ばした。

翠玲の茶をお忍びで買いに来る貴族は少なくない。きっと、そのうちの誰かだろう。

しかし、馬車から降りてきた人物を見て、翠玲は目を丸くした。

「お、お父さま!?」

父――劉珪紹だった。まだ五十歳だが、仕事のせいだろうか? ますます白髪が増え、猫背がひどくなったように見える。

(王都にいるはずなのに、どうして……?)

何かあったのだろうか?

「やぁ、久しぶりだ。我が娘」

「お、お父さま……いったい……」

まっすぐ翠玲のもとにやってきた珪紹を、呆然と見つめる。

「……! もしかして、お母さまに何か?」

仕事人間の父が、仕事を休んで――しかも王都を離れて自分のもとにやってくるなど、それぐらいしか思いつかない。

長卓に手をついて身を乗り出すも、しかし珪紹はあっさりと首を横に振った。

「ああ、いやや、そういうわけではないよ。安心なさい。今は寝込んでいるが、大丈夫だ」

「お母さま、寝込んでいらっしゃるんですか!?」

いったい何を安心すればいいのか。

「お母さまのお加減は……。いったい、なんの病気なのですか!?」

顔色を失う翠玲に、珪紹は「ああ、いや、そうではないよ。病気ではない」と言う。

「では、お怪我ですか!?」

「それも違う。驚いて卒倒しただけだ」

「お、驚いて……!?」

父がどんな馬鹿な金の使い方をしても、ビクともしない母が？

傾きかけた——というより、しっかり傾いている劉家を一人で切り盛りしている母が？

肝っ玉が据わっているという点において、右に出る者はいないと思っていたのだけれど。

「お、お母さまが……？」

「そうだ。落ち着いて聞きなさい、翠玲。今上陛下の後宮に上がることが決まった」

「は……？」

予想だにしていなかった言葉に、大きく目を見開く。

今、なんて言った——!?

「だ……誰がですか？」

「もちろん、お前がだ」

「っ……⁉　まさか！　そんなわけ……」

「しかも、皇帝陛下御自ら望まれたとのことだ」

「ええっ⁉」

驚いたのは、翠玲だけではない。茶屋の客たちもだ。

珪紹の背後で、大きなどよめきが起こる。

「え⁉　翠玲が……？」

「い、今、後宮って……」

「翠玲がお妃さまになるってことか⁉」

「へ、陛下自ら望まれたって……翠玲を⁉」

「…………」

あまりのことに、言葉が出ない。

（お、お母さまが卒倒するはずだ……）

いったい、何が起こっているのか。わけがわからない。

「お、お父さま……？　あの……」

「すぐに荷物を纏めなさい。そして、店主を呼んでくれ。急に辞めることになるからな。私からも挨拶をさせてもらいたい」

「ちょ、ちょっと待って……！　お父さま！」

たまらず、珪紹の言を遮る。

貴族といっても形ばかりだ。劉家の当主は代々、揃いも揃って金に無頓着な医学馬鹿。そのせいで、どれだけ貧乏生活をしてきたと思っているのか。

血筋がいいわけでも、裕福なわけでもない。父に似てやっぱり医学馬鹿で、舞も詩吟も琴も笛も刺繍（ししゅう）も何もできない上に、大して美人でもない自分が妃として望まれるなんて、そんな馬鹿なことがあるはずがない。あっていいはずもない。

「お、お父さま……。いくらなんでも、そんな……。世迷いごとにもほどが……」

「私も、夢や冗談の類であってほしかったよ。だが、悲しいかな、これは現実だ」

「そんな、こと……」

「翠玲。お前は、皇帝陛下の妃となるんだ。……それだけじゃない」

珪紹が牛革の巻子を差し出して、さらにとんでもないことを口にした。

前代未聞の――戯言（ざれごと）を。

「お前を、皇帝陛下の『食医』に任ずるそうだ」

グラリと、目の前の景色が傾く。

激しい眩暈を覚えて、翠玲はその場にへたり込んだ。

第三章

王宮は最奥。広大な院——と呼ぶのが相応しいかどうか迷うほど、深い森に囲まれた美しき後宮。

御華園と呼ばれる美しい庭院を囲むように、東西に六つずつ宮がある。その美しい宮の一つ一つが、翠玲の実家の倍以上の広さだ。

その十二の宮とは別に、皇帝の住まいである内廷にもっとも近い南と——逆にもっとも遠い東の奥に、後宮の中でもひときわ大きく美しい宮が一つずつある。南は皇后のための、東は皇太后——皇帝の母后陛下の御為のものだ。

翠玲が皇帝陛下より賜ったのは、西の一角にある翠麗宮。

後宮のしきたりに則り、翠玲は一昨日の夜——月明かりのもと、ひそやかに入宮した。

父親が茶屋に迎えに来てから、わずか一ヶ月でのことだった。

国の頂点たる皇帝に逆らうことなど、許されない。それは翠玲ばかりか、一族すべての者の死を意味する。

陛下が『ほしい』と一言望めば、翠玲はその身を差し出さねばならない。それ以外の道はありえない。——どんなに嫌でも。

この一ヶ月、誰かが「嘘だ」「皇帝陛下の悪ふざけだ」と言ってくれるのを今か今かと待っていたけれど、結局この馬鹿げた決定が覆ることはなかった。

(私が妃として望まれるというだけで、充分ありえないことなのに……)

女の自分が、食医とはいったいどういうことだ。それは、皇帝の侍医の中でも最高位。言ってしまえば、この国で医学に携わる者の頂点だ。

同じ侍医でも、父は疾医だ。翠玲が食医を務めるということは、父の上司になるということでもある。

(そんな、馬鹿な話がある……?)

そもそも、女は官吏にもなれないのだ。

それなのに、自分が皇帝陛下の健康を預かる重要な職に就くだなんて。

(何かの間違いだと思うのに……)

しかし、誰も否定してくれない。粛々とすべてが進んでいく。翠玲の意思とは関係なく。

「……っ……」

翠玲は固く目を瞑り、自分自身を抱き締めた。

(怖い……！)

灯りが抑えられた、暗い臥房。

翠玲が座る臥牀は、天蓋つきの豪奢(ごうしゃ)なもの。四本の支柱には繊細な金の装飾が施され、それに絡みつくかのように、密事を覆い隠す羅紗の帳が纏められている。

見たことのない毛足の長い絨毯に、臥牀と同じく金の装飾が施された榻。

螺鈿細工の衣装櫃に、意匠を凝らした細工の戸棚。詩歌を書きつけた美しい屏風。漆塗りの花台に生けられた夾竹桃。

臥牀脇の小卓の上には玻璃の水差しに高杯、そして花籠の形をした銅製の香炉からは、クラクラするような甘い香りが漂っている。

（もうすぐ、陛下がいらっしゃる……）

それが、何よりも怖い。身体がぶるぶると震える。翠玲は赤く紅を引いた唇を噛み締め、自身を抱き締める腕に力を込めた。

たっぷりと香油を使い美しく結い上げた黒髪。飾られた何本もの金銀の歩揺は、翠玲が身動きするたびにチリリと繊細な音を立てる。

白い内着の上に艶やかな光沢のある翠緑の絹の襦を着、裙は清らかな空色。さらに上に淡い白藍の薄紗を幾重にも重ねている。そして、帯は金襴。白地に華やかな鳳凰の刺繍が美しい褙子を羽織り、両足には足結いの鈴。白にほんの一滴だけ朱を垂らしたような淡い紅色の領巾を肩にかけている。

これまで袖を通したことはもちろん、目にしたことすらなかった豪奢な装いだ。

けれど、それもまた翠玲をひどく委縮させる。

外側だけそれらしく飾り立てたところで、翠玲は翠玲でしかない。妃としての教育など何一つとして受けてこなかった自分に、妃など務まるわけがない。

（それなのに、私が皇貴妃だなんて……！）

一言に『妃』と言っても、位がある。最高位は、もちろん皇后だ。そして上から順に、皇貴妃、貴妃、妃、嬪（ひん）ときて、その下に貴人・常在・答応が在る。

つまり翠玲は、皇后に次ぐ第二位の位を賜ってしまったのだ。

家柄は常民に毛が生えたようなもので、裕福なわけではなく、それどころか常民よりも貧しい暮らしをしたこともある。舞も詩吟も琴も笛も刺繍も、礼儀作法も言葉遣いすらも、この一ヶ月の付け焼き刃で身につけたことぐらいしかできない。

宮つきの女官――妃を直接世話する女性たちも、ほとんど貴族の娘だと聞いた。

それなら、実家の家柄においても、裕福さにおいても、教養についても、妃嬪どころか宮つきの女官の誰よりも、自分は間違いなく圧倒的に劣っている。比べるのが罪なほどに。

若さだけはあるが、しかしとくに美しいわけでもなんでもない。そして、色気は皆無だ。食傷気味になるほど女性経験が豊富だった天絳からも、お墨つきをいただいてしまったぐらいに。

「つ……」

天絳を思い出して、ズキンと胸が痛む。

（ああ、天絳……）

できることなら、ずっと茶屋で働いていたかった。

そうすれば――もしかしたらまた天絳に会えるなんて未来もあったかもしれないのに。

（でも、もう……）

そっと目を伏せた、その時。ぴんと空気が張り詰める。

ハッとして顔を上げると同時に、物音が耳に届く。

「っ……！」

足音だ。しかも、複数。

翠玲は慌てて立ち上がった。

一つだけひときわ大胆な足音がある。袍の裾を蹴捌くような布擦れの音と、腰に提げた剣か何かが揺れるような金属音もする。

（ああ、おいでになった……！）

身体の震えがひどくなる。翠玲はごくりと息を呑み、両手を握り合わせた。

翠玲を妃にと望み、そして同時に食医にも任じた御方。

陽明帝――今上皇帝陛下だ。

緊張で、心臓が口からまろび出てしまいそうなほど強く打つ。

翠玲の震えに合わせて、歩揺がチリチリと鳴る。

それがさらに、翠玲の怯えを肥大させる。

怖くて、怖くて、たまらない。

「ああ、お前たちはここまででいい。下がれ」

カタンと部屋の扉が開く音とともに、声が響く。

その奥――臥房でがたがたと震えていた翠玲は、しかしその瞬間、大きく目を見開いた。

(え……?)

何かを思う間もなく、大股で部屋を突っ切る足音に続いて臥房の戸がやや乱暴に開け放たれる。

瞬間、翠玲の中の恐怖は残らず、鮮やかな驚愕へと姿を変えた。

「待っていたぞ。劉翠玲」

「ッ……!」

頭の中が真っ白になる。翠玲は唖然として、目の前に立つ人物を見つめた。

金糸銀糸で縫い取られた鳳凰がなんとも鮮やかで見事な漆黒の袍。腰には豪奢で美しい金の飾太刀。

艶やかな黒髪は以前と違い、しっかりと編んで玉のついた綾紐で結んでいる。

けれど――山小屋にいた彼と違うのは、それだけだ。

ひどく印象的な、極上の黒曜石のような双眸。人々の視線を搦め捕るような眼射しに、危険な香りのする甘やかな笑み。

神の御業としか思えない美貌。服の上からでもわかる――一分の隙もなく鍛え抜かれた見事な肢体。

威厳というのだろうか？　まるで身の内から輝くかのような、圧倒的な存在感。

ただそこにいるだけで、人を惹きつける――。

「天……絳……」

それ以上、言葉が続かない。

天絳だった。目の前に立っているのは間違いなく、あの日――翠玲が助けた男。

呆然としている翠玲を見つめ、天絳は優しく目を細めた。

瞬間、どくんと心臓が大きな音を立てる。

「会いたかったぞ」

「っ……！」

その一言で胸がいっぱいになってしまう。涙が出そうになってしまって、翠玲は慌てて下を向いた。

「……あ、あの……これは、どういう……」

「そうだな。申し遅れた」

足早に目の前にやってきて、天絳が目を細める。

その悪戯っぽい笑みに、さらに心臓が跳ねた。

「高武絳（こうぶこう）という。字は天絳。この国で、七十七代目の皇帝をやっている」

「天絳、が……皇帝陛下……」

「そうだ。翠玲」

天絳の大きな手が、翠玲の両頬を優しく包み込む。

その温かさに、これは夢ではないのだと実感する。

「あらためて、礼を言う。翠玲。私が今ここにあるのは、すべてお前のおかげだ」

「そんな……私は……」

「黙って出ていってすまない。心配したろう？」

「も、もちろん！　しないわけないよ！　出ていくにしても、一言ぐらい……！」

思わずそう叫んでしまって――しかしすぐに我に返って、翠玲はさっと顔色を変えた。

「あ……！　も、申し訳ありません。私のような者が、陛下に意見するなど……」

「ああ、いい。よしてくれ。入宮が決まってから、妃としての教養や心得のようなものを、あれやこれやとそれこそ嫌というほど叩き込まれただろうが……悪いな。全部忘れろ」

「えっ!?」

思いがけない言葉に、思わず目を剝（む）く。

「わ、忘れろって……」

「ああ、忘れろ。お前にそんなものは必要ない」

きっぱりと頷いて、天絳が翠玲の身体をその腕の中に閉じ込める。

「ただ、私はもう一度お前に会いたかった。それだけだ」

「っ……天絳……」

その腕の熱さに、力強さに、顔が真っ赤に染まる。

「会いたかった……」

「っ……」

胸が苦しいほど熱くなり、震える。

会いたいと思っていたのが、自分だけではなかった。

ただそれだけのことが、涙が溢れてしまいそうなほど嬉しい。

会いたかった。会いたかった。この二ヶ月間、寝ても覚めても天絳のことばかり考えていた。

そう言いたいのに、膨れ上がるばかりな想いに息が詰まって、言葉にならない。

「天、絳……」

「肉皮凍、あれも忘れられなくてな。また食べたい。作ってくれ」

その言葉に、思わず目を見開く。

翠玲は天絳を見上げて、むぅっと頬を膨らませた。

「……何？　要するに、私の料理が恋しかったってこと？」

「違うな。お前と、お前の料理がだ。そこを勘違いしてもらっては困る」

天絳がふっと目を細めて笑って、翠玲の頬に綺麗な長い指を滑らせる。

「今こそ、すべてを話そう。あの山で、お前に拾われるまでのいきさつを。私を取り巻くこの世界のことを。私を狙う——女のことも」

皇帝陛下の命を狙う——女？

「それは……」

「そして、お前と出会ったことで、私の世界が色を変えたことも」

指がゆっくりと下がって、ぴくりと身を震わせた翠玲の細い顎をすくい上げる。

「だから……翠玲……」

天絳が切なげに顔を歪めて、そのまま翠玲を引き寄せる。

唇が——重なった。

「……！　ん……」

触れられてはじめて、そこがまだ聖域だったことに気づく。

（ああ……）

さらに胸が締めつけられて、自然と目が潤む。

優しく触れ合うだけのくちづけ。それが、こんなにも甘いなんて。

「……翠玲……」

「……っ……天……」

何度も繰り返し繰り返し、唇が出逢う。

啄むようなくちづけの合間に紡がれる、自分の名前。吐息だけの囁きに、しかし身体はどんどん熱くなってゆく。

「……ん……」

天絳の熱い舌が、優しく翠玲の唇をなぞる。かすかな――けれどひどく艶めかしい水音に、さらに身体の熱が上がる。

ぶるりと身震いした瞬間、隙を逃さず舌が翠玲の唇を割り、その奥へと忍び込んでくる。

「……は……」

天絳の舌が翠玲のそれと重なり、そのまま優しく絡む。ちゅくっと音を立てて吸われて、柔らかく食まれる。

「……ふ、ん……」

強引さは、まったくない。それどころか、まるで宝物を扱うかのよう。

優しく、甘く、翠玲を蕩けさせ、酔わせて――そして味わうためのくちづけだった。

「ん……」

吐息が交じり合う。

軽く下唇を噛まれて、驚く。だが、すぐに天絳らしいと思う。茶屋の二階で翠玲の肌を味わっていた時もそうだった。天絳は時折甘く歯を当てたり、噛んだりして、翠玲の反応を楽しんでいた。

「……ふぁ……」

角度が変わり、深くなったくちづけに、身体がひくんと震える。

身体の熱が、何かを求めて熱く渦巻き出す。

「あ……ん……」

天絳が翠玲に触れたのは、たった七日間だ。それも、もう二ヶ月以上前のこと。

それでも、翠玲の身体は天絳の唇を、舌を、指を、手を、そしてその身体を——熱を、教え込まれた快感を、しっかりと覚えていたらしい。身体の奥で眠っていた翠玲の官能が、急速に呼び醒まされてゆく。

「あ、あ……天絳……」

豪奢な衣装の中で、身体がどんどん火照り、下腹部がもどかしく疼き出す。

そんな自分に戸惑う。まるで、これを待っていたと言わんばかりだ。

(どうして……?)

たしかに、天絳には会いたかった。彼のことがずっと気がかりだった。

でも、言ってしまえばそれだけだ。

なのに、身体がまるで歓喜しているような反応を示すのは、どうして？

「ん、ぅ……」

舌が淫靡な水音を立てて、さらに深く絡み合う。背筋にじんと甘い痺れが走った。

「翠玲……」

「んっ……あ……天絳……んんっ……」

天絳の舌がどんどん奥へと入り込み、翠玲の理性の殻の奥に隠れた官能を暴いてゆく。翠玲の蜜を啜り、同時に蕩けるような甘露を翠玲の喉へと流し込む。

「んぅ……」

おずおずと喉を鳴らして嚥下すると、その音に天絳が身を震わせ、翠玲の身体をさらに強く引き寄せる。そしてそのまま、敷布の上に押し倒した。

「っ……!?　やっ……！」

今までにない性急さを見せた天絳に驚き、思わず身をすくめる。

しかしその刹那、天絳が翠玲を強く抱き締め、「翠玲……」と何度も口にする。

熱く、切なく、まるで縋るような声――男の人がこんなふうに自分を呼ぶのを、翠玲ははじめて聞いた。

鼓動が、速く、激しくなる。指の先まで脈打つようだった。ジンジンと痛んで、身体の芯まで熱くなる。

「翠玲……！　どうしても会いたかった……。すまない、危険だとわかっていても、望まずにはいられなかった……！」

「危険……？　ん、ぅ……！」

くちづけが強引さを増す。まるで貪るかのように、咥内を蹂躙(じゅうりん)される。

捕食されているようだと思った。美しい獰猛な獣に、食べられているみたいだ。しかしそれでも、一切恐怖は感じなかった。それどころか、その気持ちよさに、勝手に頭の奥が蕩けてゆく。

「天、絳……」

「すまない……。翠玲。会いたかったんだ……」

「ん、私も……」

両手を天絳の広い背に回して、告げる。

「私も……会いたかった……！　天絳のことばかり、考えていたよ……！」

「……翠玲……」

「だから、後宮入りは本当に嫌で……」

天絳の袍を握り締める。

「茶屋を離れてしまったら、もう二度と……天絳に会えなくなっちゃうって……」

国の頂点たる皇帝に望まれても、ちっとも誇らしくなかった。食医に任じられてさえ、ちっとも嬉しくなかった。

皇帝のものになってしまえば、後宮という俗世から切り離された世界に入ってしまえば、二度と天絳に会うことは叶わないと思ったから。

「……！　翠玲……」

「だから、謝らないで。私は嬉しいんだ。また会えて、すごく嬉しい……」

そう言って頬を染める翠玲に、しかし天絳は首を横に振る。

「だが、私は命を狙われている。翠玲を望むということは、それに巻き込むということだ。翠玲のことを想うならば、本当は傍に置くべきではないんだ」

天絳が身体を起こして、天蓋を支える支柱に手を伸ばす。纏めてあった羅紗の帳の紐を引っ張ると、幾重にも重なる紗が臥牀を覆った。

「だが、どうしても翠玲がほしかった」

香炉から甘い香りが漂う。紗越しに届くわずかな灯りが、切なげに顔を歪める天絳を浮かび上がらせる。

美しく――凄絶なまでの色香に満ちたその姿に、胸が締めつけられる。

「その欲に逆らえなかったんだ……」

「だったらなおさら、謝らないで」

翠玲は唇を綻ばせ、そっと天絳に手を伸ばした。

「私にとってそれは、やっぱり嬉しい話だよ……」

この気持ちがなんなのかは、よくわからない。

でも皇帝が天絳だと知るまでは、妃となることも、食医になることも、翠玲にとってはただの地獄でしかなかった。苦痛で仕方なかった。何一つ、誉れだと思えなかった。

「だけど皇帝が天絳だとわかった途端、胸が熱くて、嬉しくて……。どちらも、私みたいな者には分不相応な地位だけれど、それでも務め上げたいって思った。天絳の傍にいられるのなら」

そっと、天絳の胸に触れる。

その下でどくどくと力強く脈打つ心臓に、さらに笑みが零れる。

「私が繋いだ命だ。消させやしない」

力強い宣言に、天絳が眩しげに目を細める。

「……翠玲……」

「お姫さまでなくてよかったと思う。だって、貴族とは名ばかりの野育ちの私だからこそ、できることがある」

常民よりも貧しい暮らしをしたことがあるせいもあって、逆境に強い。

皇帝の侍医の娘だったからこそ、妃になるためではなく、疾医に必要な知識を得られた。

舞も詩吟も琴も笛も刺繍もできないけれど、天絳の命を繋ぐことはできる。天絳とともに戦うことも。

「天絳に二度と会えないまま安全なところで守ってもらうよりも、危険な場所でも天絳と一緒にいられるほうがずっといい。だからやっぱり、ありがとうだ」

「っ……お前は……」

天絳が苦笑し、翠玲を腕の中に閉じ込めてしまう。

「なんて口説き文句だ。……まったく。自分の気持ちがはっきりしていない状態で、口にするもんじゃないぞ。相手が勘違いする」

そう言って、啄むように、髪に、額に、目蓋に、目尻に、こめかみにと、くちづけの雨を降らせる。さらには、耳にも、首筋にも。

「あっ……」

「私も、立派に勘違いしたぞ。もう、お前は私のものだ」

天絳の手が帯を解く。続いて、裳の紐に指を絡め、するりとそれを解く。

「あ、天絳……！」

「逃がしてなどやるものか」

上衣が解かれ、胸もとからそっと手が忍び込んでくる。

「危険だろうと、なんだろうと、もう離さない。地獄の底まで連れてゆく」

「っ……！　天、絳……！」

天絳の舌が首筋を這う。翠玲はヒクンと身を震わせた。

それでいい。どうか、そうしてほしい。

「あ、ぁ……！」

一目で囚われた。

助けたいと思った。

守りたいと思った。

そのために、必死だった。

これが恋なのかはわからない。

でも天絳を大切に想う気持ちは、たしかにこの胸にある。

それまで翠玲のすべてと言っても過言ではなかった茶屋の仕事が手につかなくなるほど、天絳のことしか考えられなくなっていた。

この国で一番の尊き者に求められても、叶うはずのない夢への道が拓けても、それでも天絳のことしか考えられなかった。

それ以上のことがあるだろうか？

「んっ……！」

滑らかな羅衫の上から、天絳の大きな手が翠玲の乳房を包む。くちづけで敏感になっていたそこをやんわりと揉みほぐされ、翠玲はぞくぞくと身を震わせた。

同時に、身体の奥から何かが溢れ出てくるような感触を覚える。

茶屋でも感じたことのあるものだ。だが、あの時よりもっと性急に追い上げられているように思うのは気のせいだろうか？

「あ……」

そのまま、天絳の手がゆっくりと羅衫の下へ潜り込んでくる。直に触れる熱さに、翠玲はびくりと背中を弾かせた。

心のどこかで待ち望んでいた熱に、心が——そして身体が歓喜する。

「あ……天絳……」

天絳の大きな手が膨らみを包んで、優しく円を描くように動く。同時に舌がねっとりと翠玲の耳をなぞる。そのまま耳朶を食み、甘く歯を当てる。

「ふ……ぁ……」

柔らかいところも、頂の中心の尖った先端も、すべてを堪能するかのように撫でられ、擦られ、揉みほぐされる。その刺激に自己主張をはじめた突起を爪弾かれ、撫でさすり、優しく引っ掻かれる。

「あ……」

さらに天絳の指はそれを捏ね、摘み、抓っては、押し潰す。そのたびに、甘い疼きがさざ波のように全身に広がって、翠玲の下腹部をきゅんと切なく縮こませる。

触れられているのとは別の場所がじんじんと疼き、とろとろと濡れてゆくのは、本当に不思議だった。

だが、それが天絳を求めている証拠だということを、翠玲はもう知っていた。

「あぁ、あ……天絳……」

天絳の悪戯な指を追いかけるように、彼の唇が翠玲の肌を味わう。時折ちゅうっと強く吸って、白い肌に赤い痕を残しながら、舌が首筋を、鎖骨を、胸もとを這ってゆく。

「ん、ふ……」

裳の中に入ってきた手が、太腿を撫で上げ、すでに熱く蕩けた場所へたどり着く。

「あ……！」

びくんと身を震わせた瞬間、天絳が吐息だけで笑って、その指を蠢かす。

溢れた液体をすくい取り、塗り込めるように、蕩けた秘裂をなぞった。

「あ……ん……！」

くちゅくちゅという耳を塞ぎたくなるほど淫靡な水音が響く。

「んん……、ふあ、ん……」

「すっかりとろとろだな。身体も私を覚えてくれていたようだ」

「つ……！　そん、なこと……ああ！」

天絳の指が、秘裂の少し上を捕らえる。芯の通った花芽を円を描くように捏ねられて、翠玲は喉を仰け反らせた。

「ここを弄られるのが好きだったな」

「あっ！　あぁっ！」

激しい快感に、まるで雷に打たれたかのように痺れ、引き攣る。

「ん、あぁ！　ん、あんっ……！」

「ああ、いいな。その声が聞きたかった。もっと鳴いてくれ」

「あ、あぁ！　そ、そんな……！　ふあぁ、やぁ……！」

皮膜に覆われた翠玲の秘玉を指で執拗に転がしながら、天絳が熱く囁く。

「ふ、くぅ、んんっ！　ん、あ……あん……っ！」

「王宮に戻ってすぐ、なぜお前を奪ってしまわなかったのかと……ひどく後悔した……」

とろとろと溢れ出る蜜を指に纏わらせ、ぷっくりと自己主張をはじめた花芽を転がす。大きな快感にびくんびくんと跳ねる翠玲の身体を敷布に押さえつけるようにして、天絳はツンと尖った乳首を口に含んだ。

「ふぁ、あ……！　んっ！　天……あぁっ！」

ちゅくちゅくと音を立てて強く吸い、歯を当て、甘く噛みつき、さらには舌で転がす。思うままに虐めながら、同時に、とろとろに蕩けた蜜壺の入り口を掻き混ぜる。

「や、ぁ……！　んっ……！　天、こ……ぅ、は、ぁん……！」

部屋に満ちる水音がひどくなってゆく。

翠玲はがくがくと腰を揺らしながら、頭を振った。

「あ、ああ！　そ、そんな……あ、あぁん！　天絳……！」

「外道で構わない。あのままお前を奪ってしまえばよかったと……何度も思った……」

思い出したかのように肌を強く吸われる。ちくりとした痛みもまた、すぐさま快感へと姿を変えてしまう。

「命の恩人への感謝の念より、私の胸を占めるのは激しい欲望だった。少し落ち込んだよ。これが一国を治める者の考えかと……」

「っ……天、絳……！」

「それでも、お前がほしかった……。私が生きる世界は、常に人の欲と陰謀が渦巻く場所。誰が味方かは、分刻みで変わる。皇帝に代々仕えてきた従者の家系に生まれ、二十余年もともにあった者ですら、簡単に裏切る。ひどく汚く、そして過酷だ」

「あぁ、あ……あ……！」

まるで許しを請うかのように、翠玲の肌に何度もくちづける。

「命の恩人であるお前を巻き込まないために、あえて何も告げずに離れたのに……素性も明かさなかったのに……」

「ふぁ、あ……！　あぁ、んっ……！」

「すまない。お前への欲を、抑え切れなかった。嗤(わら)ってくれていい……」

「あ、ふ……！　ん、んん……！　あ……！」

「お前の願いは、すべて叶えよう。お前のためなら、どんなことでもしてみせよう」

翠玲を包む身体が、熱く震える。

「だから翠玲……私の傍にいてくれ」

「っ……天、天絳……！」

何度言えば、謝るのをやめてくれるだろう？

その我儘は翠玲にとって、嬉しいことでしかないのに。

むしろ、謝りたいのは翠玲のほうだ。翠玲は自分以外何も持っていないのだから。

(本当に、こんな私でいいの……？)

皇帝なのに。もっと麗しい美貌の女性も、高貴な生まれの女性も、賢く秀でた女性も、裕福な女性も、天絳ならよりどりみどりなのに。

天絳は、翠玲の願いはすべて叶えると言ってくれた。どんなことでもしてみせると。

しかし翠玲は、傍にいること以外、天絳の願いを叶えることはできないのだ。

何も持っていないから。美貌も、尊い血も、強固な後ろ盾も、政の知識も、財産も——役に立つものは何一つ。

「っ……！　あぁ、あ……」

ぬめる指で花芽を、熱い舌で胸の尖りを、執拗に弄ばれる。

しかし、それが生み出す快感よりも、天絳の言葉に胸が震える。喜びに呼応するように、下腹部の奥のほうが——隘路がひくんひくんと痙攣し、とろとろと愛液が溢れて零れる。

何も持っていない自分を求めてくれることが、嬉しくて、嬉しくて——。

（ああ、天絳……！）

喜びに悦びが重なり、大きな愉悦となって翠玲を呑み込んでゆく。

茶屋では感じたことのなかったそれに翠玲はびくんびくんと背中を弾かせ、艶めかしく腰をくねらせた。

「ふ、ぁあ、あ……！　や、あ……！」

傍にいる。どれだけ危険でも、天絳が望んでくれるなら。それだけで、どんなことでも耐えられる気がする。乗り越えられる気がする。

きっと、この気持ちが恋なのだと思う。

「やぁ……ふ、ぁあ、んっ……！　天……んんっ！」

脳が蕩けてゆく。

何も考えられなくなってゆく。

痺れるほど甘い悦楽に、溺れてゆく。

「あぁ、天、絳……も、駄目……ふぁ、あぁっ！」

ピンと伸ばした爪先まで、強く反る。大きな悦楽に反射的に逃げを打つ翠玲の身体を、しかし天絳はやすやすと褥に押さえつけ、さらに唇で、舌で、手で、指で、責め立てる。

「んっあ……天絳……！　……あぁぁぁあ！」

意識が真っ白に染まるほどの快感――。

「――ッ！」

息を詰め、背中を弓なりに反らして、全身をびくんびくんと弾かせる。

悦楽の大波に意識を攫(さら)われて、翠玲はふぅっと目を閉じ、そのまま褥に沈み込んだ。

「ん……は……ぁ……」

「……気をやったのか。相変わらず敏感だな」

興奮して――だろうか？　ほんの少し息を乱した天絳が、満足げに口角を上げる。

「ここまでは、茶屋で教えたが……」

美しい漆黒の双眸が、欲望に煌めく。

「お前はもう私のものなのだから、この先へ進んでもいいだろう？」

「え……？　さ、き……？」

「そうだ。嫁に行けなくなる行為はしないと約束して、茶屋ではしなかったことだ」

天絳がゆっくりと太腿へ手を滑らせ、そのまま翠玲の両足を割り開く。

「えっ……？　あ……！」

息を呑んだ瞬間、天絳がその間に身体を滑り込ませる。

「えっ？　ええっ!?　や、やだ！　天絳！」

そのまま翠玲の片足を抱え上げ、内腿に舌を這わせた天絳に仰天する。

「そ、そんな……！　やだ！　やめて！　恥ずかしい……！」

白い柔肌を思うままに味わい、時々思いついたようにちゅうっと吸いつき、痕を残す。あるいは、歯を当て甘噛みする。

その光景はひどく淫靡で、卑猥で——翠玲は両手で顔を覆った。

「や、やだ……！　天、絳……！　そんな……！」

股を大きく開いて、秘所を晒すなんて！　そのとんでもなくはしたない格好に、顔から火が噴き出そうだった。

しかしあろうことか天絳は、その濡れそぼった秘裂を覗き込むようにして顔を近づけ、花芯を舌先でつつく。

瞬間、びりびりとした凄まじい快感が全身を貫き、翠玲は喉を仰け反らせた。

「っ……!?　あっ!?　あ、あぁ！　んんっ！」

跳ねた腰を逃がすまいと捕まえ、天絳が花芽をちゅうっと吸う。

「や、ぁあ！　そ、んな！　駄目っ！」

大きすぎる快感に加え、他人に陰部を舐められるという衝撃に、息ができない。

「やめっ……！　だ、駄目っ！　そんな、汚いっ……！　どうして……！」

どうして、そんなことをするのか。

「や……嫌だ……！　て、天絳……！　やめ……許して……！」

「私がひどいことをしているような言い草だな」

あらぬところに口をつけたまま天絳が笑って、「汚くなんてないし、いけないことでもない。ひどいことでもないぞ。男女の営みでは普通のことだ」と言う。

「う、嘘……！　そんなわけ……！」

「嘘ではない。愛する人の蜜を味わわせてもらえないなんて、それこそ逆に『ひどい』と言いたくなる。お前は、そんな無体なことを言うのか？」

「っ……そん、な……あ、ふあぁぁあ！」

天絳が秘玉を強く吸い、秘裂にも舌を這わす。

翠玲はたまらず嬌声（きょうせい）を上げ、背中を弓なりに反らした。

「んっ！　あ、ぁあっ！　ま、待っ……あぁっ！」

「ああ……甘い……」

「んぁ、は……ぁん！　あぁ、んっ！」

うまく息が吸えない。あまりの快感に全身が強張り、爪先まで力がこもる。

「やぁ……！　んあ、ぁ！」

じゅるりと音を立てて蜜を啜られ、肉厚な舌が秘裂を這う。ぬめる感触に、目がくらむ。感じすぎて逃げを打つ身体を、しかししっかりと押さえつけられて、それは叶わない。ただ、はしたない声を上げて、許しを請うことしかできない。

「や、んんっ……！　も……天絳……！　駄目っ……！　あ、あぁあ！」

駄目だと言っているのに、天絳はやめてくれない。溢れ出る蜜を舌で掻き混ぜるように、蜜壺を舐め回す。

その――まるで脳芯が焼き切れるような、快感！

「んあ、ふぁあ！　あっ……！　あ、や、やめ……！　もう……っ！　はぁん！」

目の前と頭の中が真っ白になり、全身が強張ってがくがくと震える。

愉悦の大波が翠玲を呑み込み、魂が翔び去ってゆくよう。

「あ、あぁ、あ……あ、あ……」

息が吸えない。ひゅっとかすかに喉が鳴る。

だが、それも一瞬のこと。翠玲はふるふると全身を震わせ、褥に沈み込んだ。

「ふ……あ……はぁ……あ……」

「……気をやったか……」

天絳が身を起こし、胸もとを乱しただけだった袍を脱ぐ。

「お前も、『嫌だ』と言えるんだな」

一瞬、何を言われたのかわからなかった。果ての衝撃と疲労によって、そのまま眠りに落ちそうになっていた翠玲は、ふと目蓋を持ち上げた。

「え……？　な、に……？」

「山小屋でも茶屋でも、私の要求をすべて叶えてくれただろう？　どんな無茶なものでも」

天絳が「下の世話ですら頷いた時は、さすがに驚いたぞ」と小さく肩をすくめる。

「……天絳……もし、かして……」

翠玲は肩で息をしながら、じっと天絳を見つめた。

「……あの時……とか……私を試していた……？」

茶屋に移動する交換条件で『下の世話』を提示した時はもちろんのこと、それ以外でも、今考えれば、最初は何かと翠玲を試すようなことを口にしていたように思う。

「――そうだな。すでにお前に興味を抱いてはいたんだろうが、おそらく私は、無理にでも思い込みたかったんだ。見ず知らずの誰かに無償で尽くすなどありえない。そんな人間はいない。必ず裏があると」

漆黒の瞳が、悲しげに揺れる。

「人は自分が一番可愛(かわい)いものだ。二十余年ともにあった者でも、裏切るのは仕方がない。他人を信じた――他人に何かを期待した、自分が悪いのだ。だから、傷つくな。嘆くな。必死に自分にそう言い聞かせていたのに、お前は……」

翠玲の衣を握り締め、天絳が目を伏せる。

「何も訊かず、何も求めず、どこまでも私に尽くしてみせた。なぜお前がと思った。なぜ信頼していた従者ではなく、見ず知らずのお前がと……」

「……天絳……」

「お前が『嫌だ』『できない』と言えば、この苦しさがなくなると思ったんだ。やっぱり、人はそういうものだ。何よりも利害で動くものなのだと。私の従者が悪いわけじゃない。私が至らなかったわけじゃないと」

その手がかすかに震えて、翠玲は目を見開いた。

「裏切りなど、傷つくようなことじゃないとっ……」

「っ……！　天絳……！」

思わず、手を伸ばす。

その手に誘われるまま覆い被さってきた天絳の身体を、翠玲は力いっぱい抱き締めた。

「ああ、天絳……！」

「だが、お前はどこまでもまっすぐに向き合い——尽くしてくれた。正直、苦しかった。お前の真心に触れるたび、お前の綺麗さを目の当たりにするたび、従者だった者の弱さや汚さ、私のふがいなさや狡(ずる)さを思い知らされるようで……」

熱く力強い腕が、翠玲を包み込む。

「しかし同時に、どんどん惹かれていった。その清らかさに、優しさに、甘さに、強さに。お前を知るたび、お前に触れるたびに、溺れていった……」

「あ……！」

今の今まで舌で嬲っていた秘所へ、天絳の指が触れる。

そしてそのまま、ひくひくと収斂を繰り返す隘路にゆっくりと忍び込んでくる。

「そこ、は……！　んんっ……！」

その先は、まだ触れられたことがない。

「あ、天絳……！」

「翠玲。どうか、私のものになってくれ」

くちづけとともに優しく、甘く、熱く、天絳が囁く。

「すまなかった。皇帝の力でもって強引に召したことも、危険な場所に連れてきてしまったことも。だが、どうか傍にいてほしい。お前がほしい」

「っ……天絳……」

「お前を愛している」

紡がれる愛の言の葉に、胸がぎゅうっと締めつけられる。

天絳の想いが心に、身体に、染み込んでゆくようだった。

これだけ真摯に求められて、嬉しくないはずがない。

悦びではない喜びに、全身が震える。

「……天絳……」

愛の泉の中の指を、天絳がゆっくりと蠢かせる。くちゅくちゅと音を立てて円を描いて、内壁を優しく押し拡げる。

そして、そのまま指をゆっくりと行き来させはじめる。

「ふ、あ……ん、んっ……」

甘い愉悦が色を変え、再び全身へと広がってゆく。

すでに蕩けてしまっている脳が、身体が、さらなる愉悦に溶けてゆく。

「あ、あぁ……んっ……！」

「……翠玲……」

切なげな天絳の声に、全身が震える。

生理的なものだけではない涙が、ほろりと零れた。

(私は、そんな綺麗なものじゃないけれど……)

そっと両手を伸ばす。

天絳の引き締まった頬を優しく包んで、翠玲は目を細めた。

裏はきっと、あったのだ。下心も。翠玲がそれに気づかなかっただけ。

一目で恋したことに、気づいていなかっただけ。

(傍に、いさせて……！)

こんな自分でも、求めてくれるのなら。

何も持っていなくても、許されるのなら。

「天絳の、ものにして……」

「……！　翠玲……」

「皇帝の、妃なんて……私には、分不相応だと……とても、務まらないと……今でも思う。でも、それでも……私は、天絳のものに、なりたい……！」

天絳と、ともにありたい――。

「っ……！」

天絳が息を詰める。

「皇帝ではなく、私がいいと言ってくれるのか……」

「天絳が、いい……。天絳が皇帝でなくても、天絳がいい……」

「お前は本当に……！　どこまで、私を溺れさせれば……！」

天絳が舌打ちして、翠玲の内に埋め込んだ指をぐるりと旋回させる。

「あ……あ……！　んっ……！」

淫らな音を立てて、やや乱暴に愛泉を掻き回される。

「んっ！　あぁ、あ！　天……あぁ！」

快感が脳を突き抜け、そのたびにびくびく腰が揺れてしまう。

「痛い思いも、苦しい思いもさせたくないが――もうあまり我慢できそうにない」

隘路を掻き回しながら、すでに赤く熟れた肉芽を親指で捏ね、擦り――嬲る。

天絳の熱に浮かされたような情欲に満ちた双眸に、ぶるりと背中が震える。

「はあ、ぁあ……は、ぁん……ぁ！」

自分も、こんな顔をしているのだろうか。

相手がほしくてほしくてたまらないという――欲望に熱く滾る目を。

「ん、ぅ……！　ふあぁ……んぅ……」

天絳が与えるすべてに、心が、身体が震え、その甘さに溺れてゆく。

「お前がほしい。翠玲……」

ほしい。天絳がほしい。

すべてを奪われたい。

しかし、もうその想いは、言葉にならない。

ただ、あられもない声を上げながら、天絳にしがみつくことしかできない。

「つ……！　あ、んんっ……！」

唐突に、蜜壺を掻き回していた指が去ってゆく。その快感の引き波に、隘路が切なげにひくんひくんと収縮する。

「……あ……」

嫌だ。やめないで。ひどい焦燥感に身が震える。

しかし、すぐにしとどに濡れた秘裂に、固く、熱く、滾ったモノが押し当てられた。

「っ……！　あ……！」

「どうか――翠玲、私のものに」

「っ――！　ふ、あぁ！　んんーっ！」

瞬間――灼熱の欲望が、翠玲の内に押し入ってくる。

その圧倒的な質量に、衝撃に、翠玲は息を詰め、大きく目を見開いた。

「あ、あぁっ！　んんっ！　い、ぁ……！　あぁっ……！」

悲鳴のような嬌声が喉を突く。翠玲は背を弓なりに反らし、喉を仰け反らせた。

それでも衝撃は少しも和らがない。爪先まで強張った足が空を掻き、どっと溢れた涙がこめかみへと滑り落ちてゆく。

「あ、ああ……あ、あ……」

上手く息が継げず、はふはふと唇を震わせる。

「……翠玲」

大きな手が、翠玲の両頬を包む。

それはどこまでも温かく、優しかった。

「ん、ぅ……ふ、くぅ……ん」

「……痛いか。少しの辛抱だ。すぐに苦痛は去る。このまま受け入れてくれ」

まるで懇願するように言って、天絳がぶるりと身を震わせる。

「ああ……翠玲……。もう、私のものだ……」

「は、ぁ……天、絳……」

「翠玲……。大事にする。お前の望みはなんでも叶えてみせるから……」

「ふ……ぅん……」

「だから、翠玲……傍に……」

天絳の声が、重なった熱い肌が、震えている。

翠玲は天絳の身体を強く抱き締め、その背中に爪を立てた。

怖いだろう。怖くないわけがない。二十余年ともにいて、心の底から信頼していた従者に裏切られたばかりなのだ。

それがあまりにもつらくて、悲しくて——人間は所詮そんなものだと、醜いものだと、だから傷つくな。嘆くな。裏切るのが当たり前なのに、信じた自分が悪いのだと、必死に自分に言い聞かせまでしていたのだ。

（私なら……できるだろうか……？）

そこまで傷ついたあとに、再び人を信じることが。愛することが。

二度と裏切られるのが嫌で、距離を置いてしまうのではないだろうか。

(でも、天絳は……私を信じてくれた……。求めてくれた……)

それが、何よりも嬉しい。込み上げる感情に、胸がいっぱいになる。

「……っ……」

天絳を守りたいと思う。

身体だけじゃない。心の傷も癒やしたい。

(そのためだったら、なんだってしてみせる……！)

次第に、刺し貫かれた痛みが和らぎ、強張っていた身体から力が抜けてゆく。

まるでそれを待っていたかのように、身の奥で痛みとは違う何かがひっそりと息づく。

「ふ、ん……！　はぁん……！」

蝋燭の先に灯る、小さな炎。

しかしそれは、瞬く間に大きくなり、身の内を焦がす。

(身体の奥が、熱い……？)

自分の中に感じる自分以外の熱に浮かされるように、官能が燃え上がる。

「あ……あ……！」

「……翠玲……」

苦痛とはまったく違うものが、翠玲を染め上げてゆく。

翠玲の声が色めいたことに気づいたのだろう。天絳がゆるゆると腰を揺らしはじめる。

「は、あ……！　んっ……」

「翠玲……」

翠玲の身体を気遣いながら、天絳がゆっくりと灼熱を引き抜く。だがすぐに、ひくんと切なく収斂した内壁を掻き分け、最奥まで楔を押し進める。

「んっ……！　あぁ……！」

自分の中に、自分以外の者の脈動を感じる。

それが、こんなにも自分を熱くさせるなんて、思いもしなかった。

「は、ぁ……ん！　んぅ、あ……ぁ！」

身の内の炎が、どんどんと燃え広がってゆく。愛泉から蜜がとめどなく溢れて、天絳の欲望を、自身の内腿をこれでもかというほど濡らしてゆく。

「はぁ……ん、ふ……あ！」

「っ……狭いな……お前の中は……」

「ん、天、絳……！　あ、あぁ、あ……！」

「だが、絡みついてくる……。心だけでなく、身体も離してくれぬらしい……」

天絳がさらに腰を揺らめかせる。

蜜壺を穿つ動きが、次第に速く、激しくなってゆく。

「ふ、くぅ……んっ！　あぁ、ふ……あぁん！」

「翠玲……翠玲……」

身体をしならせ、力強く——時に荒々しく、猛々しく。

息を乱して、顔を歪めて、まるで貪るように、翠玲を喰らう。

「ああ、翠玲……」

「っ……！」

獣だと思う。

（ああ、私の……私だけの獣……！）

どうか、このまま喰らい尽くしてほしい。

「ふあぁ、んっ……天、絳……！　あぁ、ん……！」

甘い声を吐き散らしながら、天絳の背にさらに爪を立てる。同時に、天絳の腰の動きがますます速くなる。

部屋に満ちる卑猥な水音と、肌のぶつかる音が大きくなり、室内の空気がひどく淫靡に、濃密になってゆく。

「っ……翠玲……」

「あ、ああ！　ふ、んんっ！　は……ぁん！」

身を貫いた破瓜(はか)の痛みは、驚くほど和らいでいた。あとに残ったじんじんとした余韻は、すでに翠玲を追い上げる材料の一つでしかない。

「はぁ、んんっ！　ん、あ……！　あん！」

官能が身の奥を焦がし、その熱さに身悶(みもだ)える。

天絳の動きに合わせて腰を揺らめかせ、喉を仰け反らせる。

「ふぁ、あ！　も……あぁ、あ……ん、あ……はぁん！」

「っ……！　翠玲……！」

すべてを天絳一色に染め上げられる。

その悦びにあられもない声を上げ、乱れてゆく。

誰の目にも触れさせたことのない姿を、曝(さら)け出してゆく。

「天絳……！　は、んっ……！　ふ……あ、はぁん！」

淫らに咲く翠玲に、天絳が熱い身体を震わせ、さらに腰を突き上げる。

「っ……！　やぁ……！　ふ、あぁあ！」

「ああ、翠玲……！　私の、翠玲……！」

甘い愉悦の大波が、何度も翠玲を呑み込む。そのたびに意識が白んで、遠のく。

果てが――近づいてくる。

「はぁん……！　天、絳……！　私……！　や、あぁああ！」

最奥に灼熱をこれでもかと叩きつけられ、途中で言葉を見失ってしまう。

「んっ！　ふぁぁ！　あ、んぅ……っ！」

「くっ……！　翠玲……！」

熱くてたくましい腕が、強く翠玲を抱き締める。

「ああ、もう私のものだ……！　翠玲……！」

「っ……！　天、絳っ……！　ふぁ、あ……ん！」

責め立てるように、がつがつと楔が最奥を穿つ。

そのたびに目の前が白み、息が詰まり、甘く身が痺れ、意識がかすむ。

「は、あぁ……！　や……んんっ！　あ、ん！」

翠玲の熱く蕩けた媚肉が、灼熱をさらに呑み込もうと蠕動(ぜんどう)を繰り返す。

まるですべてを絞り取ろうとするかのようなその動きに、天絳が背中を震わせる。

「くっ……！」

「っ……!?　や……んぁ、天、絳……！　や、もうっ……！」

いっそう荒々しく、猛々しくなった腰の動きに、目の前に閃光(せんこう)が散る。同時に、身の内で天絳の灼熱がどくんと脈打つ。

瞬間——身の奥で何かが弾けた。

そして、ひときわ鋭く、強く、そして甘い雷(いかづち)が翠玲を貫く。

「んっ……！　は……あぁぁっ！」

奥でひどく熱いものが広がり、愛泉が満たされる。

翠玲を呑み込んだ官能の大波に、息ができない。

ただ溺れ、堕ちてゆく。

「あ……んっ……！　あ、あ、あ……」

天絳がさらに翠玲を揺さぶり、中へ欲を注ぎ込む。

そして、弛緩してゆく翠玲の華奢な身体を掻き抱いた。

「は……ん……あ、あ……」

「……翠玲……」

ああ、なんて甘美な失墜だろう。

二人は深く繋がったまま——目を閉じた。

「……ふ……」

二人分の乱れた息遣いだけが、室内を満たす。

そして翠玲の意識は、甘すぎる余韻に包まれて、優しい闇に呑み込まれていった。

「む、美味いな」

海参粥を一口啜って、天絳が目を見開く。

海参は栄養価がとても高く、『海の朝鮮人参』と言われるほど強壮作用に優れている。弱った身体を補うには、もってこいの食材だ。

離れている間に天絳の身体はすっかり完治していたが、しかしどうも顔色がよくない。まずはしっかり栄養を補ってもらおうと、この食材を選んだのだが。

「そうでしょ？　私もびっくりしちゃった。こんなに美味しいんだ……って」

褒めてもらえたのが嬉しくてほくほくしながら言う。

そんな翠玲に、天絳は匙を忙しく口へと運びながら、目を細めて笑った。

「相変わらずおもしろいやつだな。なぜ、作ったお前が驚くんだ」

「だって、いつもと全然違うから」

味見をした瞬間、本当に驚いた。こんなにも違うものかと。

「特別なことは何一つしてないんだよ？　いつもと同じように作っただけ。それなのに、できあがりの味わいがまったく違う。別の料理を作ったかと思ったぐらいに。おそらく、すべての食材が、実家や茶屋で扱っていたそれらよりもはるかにいいものだからなんだと思うけど……」

「なるほど。材料の差か……」

「最高級品ってすごいね。こんなに違うんだね」

目をキラキラさせて言う翠玲に、天絳が眉を下げて微笑む。

「そうか。楽しかったか」

「うん。すごく楽しかった。最初は手が震えたけれどね？　食材だけじゃなくて、道具も、厨房にある何もかもが一級品だから……。扱ったことのない食材もたくさんあって、もうどんな料理を作ろうかって、そんなことばかり考えてるよ」

材料費の心配をしなくていいなんて、ここは天国ではないだろうか。

そうでなくとも、あの厳しい調理条件がなくなった今、天絳に作ってあげたい。食べてもらいたい――そんな料理が山のようにある。

昼餉(ひるげ)は、夕餉は、そして明日の朝餉は、何を作ろうか。

うきうきしながらそんなことを考えて――翠玲はふと天絳が座る小卓を見つめた。

「でも、本当にこれだけでよかったの？」

小卓の上に並ぶのは、海参粥に、白菜と鶏(とり)の蒸しもの。玉子と豆腐の炒(い)りつけ、搾菜(ザーサイ)。たったそれだけだ。とても、皇帝の食事とは思えない。

これらはすべて、翠玲が翠麗宮の厨房で用意したものだ。

「皇帝陛下の御膳は本来、大卓いっぱいに並ぶものなんだよね？」

「そうだな。早膳で、正菜が八品から十品、小菜が五品、点心が三品から五品、あとは米飯が一品程度か」

「天絳が食べたあとのお残りって、皇帝のお世話をするみなさまが食べられるんだよね？たくさんの料理は、宦官や宮女たちが食べる。実は皇帝陛下の御為だけではないと聞いたよ」

「ああ、宦官や宮女たちが食べる。あれはただの贅沢ではない。日々激務をこなす者へのちょっとした下賜品でもあるんだ」

銀の箸を蒸し鶏へと伸ばしながら、天絳が頷く。

「それゆえに、私はしていないんだ。わかるか？」

その言葉に、ハッとする。

「命を狙われているから……？」

ピリリと身体に緊張が走る。

翠玲はごくりと息を呑んだ。

「王宮での食事にも、毒が……？」

「ああ。立太子した時から、それはもう頻繁に」

恐ろしいことをこともなげに言って、天絳は肩をすくめた。

「即位してからは、その数がさらに増えた。だから最近は、王宮で口にする食事といえば蒸かした芋か茹でた鶏ぐらいだったな。それなら、最悪自分でも用意できたから」

「……！　じゃあ、御膳房は……」

御膳房とは、皇帝ただ一人のために存在する厨房だ。

基本的に、皇后も妃嬪たち、皇太后や皇太子も、自身の宮に専用の厨房を持っている。

「使っていない。そもそも御膳房は、肉類や魚類、海産物の料理を担当する『葷局』に、野菜料理を担当する『素局』、炙り焼き料理を担当する『掛炉局』、点心を担当する『点心局』、粥や飯を担当する『飯局』と五局にわかれている上に、それぞれ膨大な数の人間がかかわっている。そのすべてを把握することなど、不可能に等しい」

宮廷料理はとにかく品数が多い。

普段の遅膳では、主菜八品から十品、副菜が二十品、点心が三品から五品、酒が二種用意されるのが通例だ。

こと宴ともなれば、品数は倍では済まない。点心だけで百品をゆうに超えてしまう。

御膳房では、毎日それだけの料理を用意する。各局の下ごしらえをする者まで含めたら、どれほどの人間が携わっていることか。

（たしかに、それだけの人間をすべて把握するのは無理だ……）

常に命を狙われている状況で、誰がかかわったかわからない料理を口にする。

それはたしかに、恐怖以外の何ものでもない。

「その上、調理中に混入されるとも限らない。できあがった料理を運ぶ最中かもしれない。食器に塗布されるかもしれない。それでも、たとえば粥から毒が見つかれば、飯局の者は全員処断される。その大半は陰謀になど関与していないにもかかわらず、だ。皇帝の玉体を傷つける料理を出したのだから、当然だ」

「……！　あ……」

「なんの罪もない優秀な料理人たちが、巻き添えで殺されてしまうのは忍びない。だが、一度ことが起こってしまえば、もう庇うことはできない。皇帝の私情で法を曲げることは許されないからな。だから、御膳房の料理人はすべて妃や臣下に下賜した。あるいは条件のいい市井の仕事を紹介して、暇をやった」

「じゃあ、今まで天綘の食事は……」

「使われていない宮の厨房を使っていた。と言っても、芋を蒸かすか鶏を茹でるかぐらいだったがな。それでも、皇帝のための四名の毒見役は、半年以内に顔触れが変わる」

「……！」

四人もいるのに、誰一人として半年生きながらえることができない――!?

啞然として、部屋に控える四人の毒見役を見る。

翠玲が出した料理も、天綘が食す前にまず四人が毒見をしていた。

銀の匙を持つ手がぶるぶると震えていたのは、そのせいだったのかと知る。

「そんなに……」

「毒が料理に入っているとは限らないからな。さっきも言ったとおり、食器に塗布されることもあれば、水や酒に入れられることもある」

粥をすっかり平らげて、天絳が匙を置く。

「それでも御膳房を閉じ、私の食事にかかわれる者をごくわずかに制限しただけで、毒見役の寿命はずっと延びた。無実の者が責を負って死ぬこともなくなった。さすがに無(ゼロ)にはならなかったが」

「………」

「だから、贅沢な御膳を用意する必要がないんだ。毒見役が不調を訴えなかったとしても、私が無事に食べ終えたとしても、その残りを誰が食べたいと思う？」

どれだけ贅沢な料理でも、それが褒美になどなるはずがない。

壮絶な話に、翠玲は唇を噛んだ。

「でも、お芋と茹で鶏だけじゃ……健康を保つことなんて……」

生き死にのぎりぎりの狭間(はざま)で、健康のことなど考える余裕はないかもしれない。

（まずは生きることが重要だろうと言われてしまうかもしれないけれど……）

しかし、それではいつか身体をおかしくしてしまう。

「ああ。お前と出会って、私ははじめてそれに気づいた。これまで『栄養』というものを意識したことがなくてな」

もごもごと言う翠玲に、天絳が大きく頷く。

「しかし考えてみれば、それは極めて重要なことだったんだ。私は、生きているだけでは意味がない」

政が行えなくなれば、それは死と同義だ。

毒で殺されずとも、病を得て長く床についても、それは負けを意味する。

太平の世を作り上げるためには、一日でも長く生きるだけでは足りない。

一日でも長く健康に生きなくては！

「お前の料理は美味かった。それだけじゃない。身体に染み渡ってゆくような、あの感覚。身体が栄養を摂取しているのだとわかった時は、驚いたものだ」

手で胸を押さえて、天絳が微笑む。

「食べものだけで、どんどん体調がよくなり、健康になってゆく。最初はいったいなんの妖術かと思った。食べものにそんな力があるとは、夢にも思っていなかったから」

「天絳……」

「あの二週間で、私はすっかりお前に餌づけされてしまったんだ。今さら、蒸かした芋と茹でた鶏だけの食生活には戻れなくてな」

その悪戯っぽい笑顔に胸が熱くなる。

「天絳……」

「そして、美味いだけでも駄目だ。あの身体に染みる料理でなくては」

「っ……！」

ああ、これ以上の言葉があるだろうか。

翠玲は両手を固く握り合わせると、一歩前に進み出た。

「教えて、天絳。あなたの命を狙っているのは誰？」

天絳は何度も『命を狙われている』と口にしたが、『誰かに』とは一度も言わなかった。

ということは、天絳の命を狙っている者が誰か、天絳は知っているのだ。

「それは、誰!?」

その言葉に、天絳が頬を引き締める。

そして小さく息をつくと、翠玲以外の者は下がるようにと軽く手を振った。

四人の毒見役も女官たちもすぐさま頭を下げ、しずしずと下がってゆく。

二人きりになると同時に、天絳が「座れ」と向かいの椅子を翠玲に示す。

一礼して腰を下ろすと、天絳は翠玲をまっすぐ見つめて、ゆっくりとその唇を開いた。

「皇太后。先の皇后だ。一応、私の義母ということになるのかな？」

「っ……！　皇太后……陛下……!?」

どくんと心臓が嫌な音を立てる。

翠玲は手で口もとを覆った。先の皇后――国母であった方が、なぜ。

「そんな……どうして……」

「簡単だ。自分の息子――第三皇子を帝位につけたいからだ」

「っ……そんなことで弑逆を⁉」

思わず叫んだ翠玲に、天絳が口角を上げる。

「そんなこと、ね。この国の頂点だぞ？ その場所に我が子を立たせたいという野望は、わりとわかりやすいものだと思うがな」

「そんなこと、だよ！ 人の命に代えられるものなんてない！」

我が子のためを思うなら、なおさらだ。

愛すればこそ、皇帝弑逆なんて大罪人の子にしてどうする。

奥歯を噛み締める翠玲に、天絳が「やはり、お前はおもしろいな」と目を細める。

「先の皇帝には三人の息子がいた。早世した第一皇子。最初の皇后である母から生まれた、第二皇子の私。そして、母の亡きあとに皇后の座についた――現皇太后の息子だ」

「その方が、第三皇子だね」

「そうだ。帝位継承権第一位が、皇太子であった私。第二位が弟。私さえいなくなれば、弟が帝位につくことができる。そのころから、執拗に狙われ出した。私が皇帝になった今、弟は継承権第一位——皇太子となった。罠は苛烈さを増したよ。私が死ねば、弟は皇帝になれるからな」

漆黒の双眸が、凶暴な光に煌めく。

「私に子がいない、今ならば」

「っ……！」

再び、心臓が縮み上がる。

翠玲はゾクリと身を震わせた。

「天絳に子が生まれれば、その子が継承権第一位になるから……」

「ああ、そうだ。弟から帝位が遠ざかってしまう。だから、私が愛した妃は、間違いなく命を狙われる。決して、子を産むことがないように」

「それで……天絳の後宮には人が少ないんだね……」

天絳の後宮では、貴妃はおらず、四名置くことのできる妃も二人しかしない。嬪も二人、貴人・常在・答応も合わせて二十人ほどしかいない。

後宮では、皇帝の御為に集められた百人を超える女性が暮らしていると聞いていたのに、その少なさに最初は驚いたのだけれど。

（そういう理由だったんだ……）

料理人と同じく、臣下に下賜したり、嫁ぎ先を世話した上で里に帰したりしたのだろう。

「……問題が解決するまでは、大切な存在を作る気はなかった。私がほっするということは、その命を危険に晒すということでもあるからな」

そう言って、天絳が翠玲を見つめる。

その漆黒の瞳が、甘やかに煌めいた。

「それでも、お前がほしかった。どうしてもだ。――赦せ」

「っ……！　天絳……」

先ほどとは別の意味で、心臓が鳴る。翠玲は両手で胸もとを押さえた。

(天絳のために、私に何ができる……？)

力になりたい。ここまで求めてくれたのだ。自分も何かを返したい。

当然、殺されてなどやるものか。

「皇太后陛下を、罰することはできないの？」

「したいさ。私もな。だが、証拠がない」

「証拠……。やっぱり、それって必要なの？」

「もちろんだ」

天絳がきっぱりと首を縦に振る。

「甘いと言われようと、私は皇太后と同じ方法で対抗する気はない。皇太后と同じ人間に成り下がってたまるか。私は罪人になる気はない。私はこの国の主だ」

一切の迷いのない言葉に、強い意思の宿る眼射しに、鼓動が速くなる。

「民に顔向けできないことはしない」

「っ……！」

命を脅かす者よりも、民に顔向けできなくなるほうが怖い。

邪魔者を排除することよりも、民に誠実であることを優先する。

（ああ……）

誇らしく思う。

天絳が、この国が戴く皇帝であってよかった。

天絳の臣下で、この国の民で、本当によかった。

そんな天絳だからこそ、守りたい。力になりたい。

ともに――ありたい。

「そうだね。外道に外道で対抗しちゃ駄目だよね」

「そのとおりだ。だから、皇太后を処断するには、誰の目にもあきらかな証拠が必要だ。だが、相手は老獪。ひどく狡猾でな……。なかなか尻尾をつかませない」

天絳が、「そのあたりは、敵ながらあっぱれとしか言いようがない」とため息をつく。

「お前に助けられたあの時は、極秘裏の視察の途中だったんだ。だからといって、決して気を抜いていたわけではなかったんだが、気心の知れた者たちしか連れていなかったし、あの日は最終日でな……。視察の成功で酒が入っていたのもあって、料理については毒見を命じなかった。そもそも野営で、私の料理だけ別に作っているわけじゃない。全員同じものを食べていた」

視察の成功、酒の影響、信じている者しかいない現場、みんなが同じものを食すという状況と、その雰囲気。

それで、一瞬緩んでしまった。

みんなと喜びを分かち合うことを優先してしまった。

そこを狙い澄ました——殺意。

それを考えただけで、皇太后がどれだけ狡猾かわかる。

翠玲はぶるりと身を震わせた。

「当然、『皇帝を弑逆した』ことを知られるわけにはいかない。だから、裏切り者どもは、王宮に帰って『山賊に襲われ、部隊壊滅。皇帝陛下におかれてはその行方がわからず』と報告したそうだ」

「それって……許されることじゃないよね？」

「もちろん、皇帝の命を守れなかった護衛を許すほど、この国は寛容じゃない」

天絳の双眸が、まっすぐに翠玲を捕らえる。

「だが、おそらくそこは皇太后との密約があったんだろう。その命は必ず助ける。そしてその後の暮らしも保証しようとな」

「だから、すべてを山賊のせいにして、皇帝は行方不明だと平気で報告した……」

「そうだ。本来なら、それは自死と同じだ。『護衛のくせに皇帝を守れず、その行方すらわかりません』なんて言えば、その場で投獄——処刑されてしかるべき案件だ」

「じゃあ、その人たちは、今は皇太后陛下の庇護のもとのうのうと暮らしているんだね」

憮然としてそう言うと、天絳がなぜかクスクスと笑い出す。

「え……？　何……？」

「いや、お前はいいやつだと思ってな」

笑う天絳の瞳に、凶暴な光が走る。

「皇太后がそんな『証拠』を残しておくものか。私が王宮に戻った時にはすでに、全員の処刑が終わっていたよ」

「……！」

「そこで『証拠』を残しておくような間抜けなら、すでに排除できているさ」

「……あの、二十年来の従者、も？　あの山で、天絳を探していた男たちも？」

翠玲の問いに、天絳が首を縦に振る。

その双眸は凛として力強く、もう裏切りの痛みに歪むことはなかった。

「そうだ。視察から生きて戻った者は、私一人だ」

「っ……」

再び、背筋が冷える。そんな世界で、天綘は生きているのだ。

「あ、あの……それじゃ、皇太子殿下本人はどう思ってらっしゃるの？」

皇太后の狙いはわかったけれど、当の皇太子本人はどうなのだろう？

やはり、帝位につきたいと——天綘を邪魔だと思っているのだろうか？

「弟は、帝位にはあまり興味がないようだが……」

なんだか複雑な表情で、天綘が肩をすくめる。

その答えに、翠玲は内心首を傾げた。

（だが……？）

珍しく、歯切れが悪い。あまり交流がないのだろうか？

（でも、考えてみれば、皇太子殿下とは半分血が繋がっているんだよね……）

天綘は、実はとても情の深い人だ。

義母だけならともかく、弟まで一緒になって帝位のために自分を殺そうとしているとは思いたくないのかもしれない。

最大限の警戒はしつつも、心のどこかで肉親の情を信じているのかもしれない。

（ああ、そんな天綘だからこそ……）

翠玲は手を伸ばして、天綘のそれをしっかりと握り締めた。

「では、私の役目は、あなたを守ること――だね」

序学も出ていない女の自分が『食医』だなんてと思っていたけれど、そういうことなら話は別だ。翠玲の力を必要としてくれたのは、本当に嬉しい。

「任せて」

そして、晴れやかに笑う。

「私も私なりのやり方で、天絳とともに戦ってみせるから」

―＊◇＊―

「きゃぁあああぁーっ！」

絹を裂くような悲鳴が響き渡る。

翠玲はビクッと身を弾かせ、素早く視線を巡らせた。

「えっ……？　今のは何？　外？」

勢いよく椅子から立ち上がると、翠玲つきの女官――梅花が慌てて声を上げる。

「ああ、お出になってはなりません！」

「でも……！」

何があったかたしかめないと。

そう言う翠玲を部屋から出すまいと、梅花は扉の前に立って首を横に振った。

「避難が必要な場合は、すぐに宦官が知らせにまいります!」

「いえ、そうじゃなくて……悲鳴を上げた誰かが助けを求めていたら……」

「それも翠玲さまがなさることではありません、宦官の仕事でございます。もしくは兵たちの。翠玲さまは、御身をまず第一にお考えくださいませ!」

ピシャリと言われて、翠玲は反射的に首をすくめた。

「は、はい……」

椅子に座り直すも——気になって書物に集中できない。

翠玲はため息をついて、おずおずと梅花を見上げた。

「あの、梅花さん……」

「翠玲さま。何度も言うようですが、どうぞ梅花と。わたくしはあなたさまにお仕えする立場でございますれば」

「あ、はい……。すみません……。わかってはいるんですけど……」

しかし、実家の身分は梅花のほうがずっと上。年齢も二つ上だ。気を抜くとどうしても敬語を使ってしまう。

「では、梅花……。その、少し休憩したいなって思ったんだけど……駄目?」

両手を合わせてお願いすると、梅花がやれやれと肩をすくめた。

「……報告があるまでこちらで大人しくしていてくださるなら、お茶をお淹れしますわ。花紅の砂糖煮がございますから、お出ししましょうか」

「……！　本当？」

「報告を受けたあとは、お勉強を再開してくださいませね？」

「はい！　もちろん！」

元気よく返事をすると、梅花が苦笑してお茶の用意をはじめる。

「報告が来るまで、時間がかかりそう？」

「いえ、すぐに来るかと思いますわ。おそらくは……」

梅花が何やら言いかけて、しかしすぐに口を噤んでしまう。

「おそらくは……何？」

「いいえ、申し訳ありません。不確かなことをお伝えするものではありませんわ」

「え……？　不確かなって……もしかして梅花、心当たりがあるの？」

思わず身を乗り出すと、梅花は困ったような顔をして首を横に振る。

「心当たりと言うほどではございませんわ。ただ、前回もこのぐらいの時間だったなと、そう思っただけのことで……」

前回？

「あ……！」

その言葉の意味を理解して、翠玲は思わず片手で目もとを覆った。

「ああ、なるほど……。そういうこと……」

翠玲はひどくうんざりした気持ちで、ため息をついた。


梅花の予想どおり、報告は十分もしないうちにやってきた。

「宮の前院とその周辺の回廊に汚穢物が撒かれましてございます」

その言葉に、思わず天井を仰ぐ。

「やっぱり……」

宮のどこかに、残飯や愛玩動物の不浄といったものが撒かれる。それがはじまったのは、一週間前のこと。

「これで三度目じゃない」

「も、申し訳ございません……！　見回りなど、強化はしているのですが……！」

宦官が身を小さくして、何度も謝る。翠玲は慌てて両手を振った。

「あ、責めたんじゃないの。謝らないで。あなたたちのせいではないもの」

翠玲は胸の前で両手を合わせ、驚いた様子で顔を上げた宦官に笑いかけた。

「むしろ、不快なものをお片づけさせてしまって本当にごめんなさい。そうでなくとも、みなさん忙しいのに……。よけいな仕事を増やしてしまって……」

「いえ、そんな……」

翠玲の気遣いに、宦官が頬を染めて首を横に振る。

と——その時、駆けてくる足音がして、別の宦官が姿を現す。

そして、部屋の中の翠玲を認めると、両手を合わせて深々と頭を下げた。

「劉皇貴妃に申し上げます。宮の厨房にも……」

「なんですって!?」

反射的に立ち上がる。

翠玲は宦官に駆け寄った。

「被害は!?」

「何者かによって荒らされた模様」

「すぐに行きます!」

その言葉に、宦官がぎょっとした様子で目を見開く。

「えっ!? お、お待ちを! 我らが片づけますので……!」

「それに、まだ犯人があたりに潜んでいるやもしれません! お出になっては……!」

「いいえ。厨房は、私が皇帝陛下に任せていただいている大切な場所。私も行きます! 私自身の目で確認します! これだけは譲れません!」

厨房は宮の奥にあるのに、そこまで入り込む者がいたなんて！

翠玲の厨房は、天絳を守るための場所なのに！

「心配なら、ついてきて！」

「も、もちろん、お伴はさせていただきますが……」

宦官が困惑した様子で、梅花を見る。梅花はその視線をまっすぐ受け止め、頷いた。

梅花もまた、この一週間で理解していた。翠玲にとって、そして皇帝にとって、厨房がどれだけ大切な場所かを。

厨房こそ、翠玲が戦う場所。

翠玲の厨房は、皇帝の命を預かる場所だ。

「これは必要なことです！　劉皇貴妃をお守り申し上げて！」

梅花の声に背を押されるように、翠玲は部屋を飛び出した。

(厨房には、鍵がかかっているはずなのに、どうやって……！)

その鍵は翠玲と梅花しか持っていない。天絳ですら、勝手には入れないのに。

(鍵が役に立たないのだとしたら、どうすればいい……？)

天絳が安心して食すことのできる料理は、翠玲の厨房でしか作れない。

天絳のためにも、あの場所は絶対に死守しなければならない。

そのために、どうすれば――！

「ああ、もう……！　動きにくい……！」

桜の花を織り込んだような光沢のある裙を、豪快にたくし上げる。

(袍が恋しい……！)

普段は、あれを着ては駄目だろうか？　そのほうが、圧倒的に動きやすいのに。

爽やかな若草色の襦に清らかな桜色の裙――皇貴妃としての装いを考えれば、これでもかなりの軽装なのだけれど。そもそも着慣れていないのもあって、どうしても動きづらい。

(いっそのこと、脱いでしまいたい！)

そんなことを思いながら、回廊の角を曲がると――厨房の前にいた兵たちがハッとして一斉に膝をついた。

「これは、劉皇貴妃……！」

「そんな必要はないので、立ってください！　状況は!?」

裙の裾を整えながら尋ねると、その気安い態度に戸惑った様子を見せつつも、兵たちが素早く立ち上がる。

「今、そちらに伺おうとしていたところでした」

幸いなことに、厨房の扉はしっかりと閉ざされていた。しかしその扉も、通路も、濃い茶色の液体でべっとりと汚されている。

翠玲は眉をひそめ、袖で鼻を覆った。

「油……？」

「はい。使い古した食用油のようです」

「扉は、閉ざされたまま？　じゃあ、被害は外だけ？」

「いえ、それが……」

兵が、格子窓を示す。

「え……？　そこから中に……？」

しかし、格子が破損している様子はない。ということは、もしかして格子の間から中に入ったということだろうか。

だが――とても人が通れるような隙間ではない。

首を捻（ひね）った瞬間、中でがちゃんと何かが割れる音がする。翠玲はびくっと身を震わせた。

「まだ、中に……!?」

「はい。ご覧になりますか？」

翠玲は頷いて、慎重に格子窓から中を覗き込んだ。

「……？　誰もいない……？」

薄暗い厨房内はかなり荒れていた。香辛料や調味料のいくつかが床に叩き落とされており、調理台の上に整然と並べられていたはずの道具類も、ぐちゃぐちゃに乱れている。

窓から射し込む光が届く範囲しか見えないが、しかし人がいるようには見えなかった。

（どういうこと……？）

思わず眉をひそめた──その時。カランと音がして、何かが床を素早く横切る。

かろうじてそれを視認した翠玲は、呆気に取られて目を見開いた。

「猫……？」

啞然として呟く。

犯人は──猫!?

「これは……美味しそうな匂いにつられて、ただ猫が入り込んだだけ、ということではないですよね？」

「はい。猫は油か何かをかけられているようです。やはり、誰かが意図してやったことと思われます」

「油を……？」

汚れた扉と壁に目をやる。

「もしかして、あれと同じ油を？」

「それは、ここから見ているだけではなんとも……。しかし、おそらくは」

その言葉に、思わずため息をつく。なんて可哀想(かわいそう)なことをするのか。

「中で動いているのはそれだけですし、ほかに危険なものは見当たりませんでしたので、扉を破るのは憚(はばか)られ、鍵をお貸しいただこうかと思っていた次第で」

「ああ、そういうこと。わかりました」

翠玲は、首から下げた鍵を胸もとから取り出して、扉に近づいた。

かちりと鍵を外して、脇に退く。兵が頷いて、扉を開けて素早く中へ入ってゆく。

「ふぎゃぁあああ！」

すぐさま猫の悲鳴が上がって、バタバタガタガタと激しい物音が響く。

しかし、それも数秒のこと。すぐに兵が「もう大丈夫です」と叫ぶ。

翠玲はほっと息をついて、中に入った。

「捕まえました。こいつですね」

「……！　この子は……」

兵が首根っこをつかんでぶら下げていたのは、毛足の長い白猫だった。いや、もとはというべきだろう。美しい毛並みは今や油まみれで、調味料の壺などを倒したからだろう。さらにさまざまな色に染まり、目に染みる異臭を漂わせている。

しかし、その首にある綾紐と鈴には見覚えがあった。

「しかし、ひどいですね……」

落ちて割れてしまった調味料の壺。水瓶も倒したらしく、足もとはぐちゃぐちゃだった。食器もいくつも割れて駄目になっている。さらにその上に散乱した道具類。油の色をした、あるいは調味料の色をした猫の足跡があちこちに無数についている。

見るも無残な厨房内に、兵たちが顔をしかめる。

「そうだね。でも、これぐらいならどうってことないよ。大丈夫」

元に戻すのは大変だけれど、これだけで済んだのはむしろ幸運だろう。

「ただ、換気のために格子窓を開けていたのだけれど、それはもうやめなきゃ。猫も入れないようにしないとね」

翠玲は苦笑して、無惨な姿になってしまった猫に手を伸ばした。

「あっ!? お、お待ちを！ お召し物が汚れます！」

「うん、わかってるよ。大丈夫。梅花にはあとで土下座するから」

「ど、土下座……？ ですか……？」

ぽかんとして目を瞬く兵ににっこりと笑いかけて、翠玲は猫をそっと腕に抱いた。

「怖かったね。もう大丈夫だよ」

「…………」

怯えて興奮している猫をあやす翠玲に、兵たちが戸惑い気味に視線を交わし合う。

「劉皇貴妃！」

厨房の外が、にわかに騒がしくなる。

翠玲は猫を抱いたまま、足早に外へ出た。

「今度はどうしたの？」

「この女官が、こちらを窺っておりました」

兵が腕をつかみ上げている人物を見て、翠玲は目を見開いた。
十四、五歳ぐらい——翠玲より若い少女だった。
「あなたは……」

たしか、この翠麗宮の女官ではなかっただろうか。

翠玲はまだここにきて日が浅い。直接世話をしてくれる梅花のような女官はともかく、翠麗宮で働く全員を覚えられたわけではないが、見覚えがあった。

名前は——たしか、そうだ。

「小菊（こぎく）……？」

少女がびくりと肩を震わせる。

と同時に、その大きな瞳からぼろぼろと涙が零れ落ちる。

「劉……皇貴妃……」

小菊は崩れ落ちるようにその場に膝をつくと、深々と平伏した。


—＊◇＊—

後宮の中心に位置する、御華園——。その名のとおり、華やかで麗しい院だ。

今の季節、緑は青々と萌え——花たちは美しさを競うように咲き誇る。その甘い香りがあたりを満たす。美姫が集う花園に相応しい、艶やかさだ。

舟遊びができるほどの大きい湖。その端に建つ美しい四阿——水榭。

五本の朱塗りの円柱に、宝形造の屋根。天井には麒麟と鳳凰、それに仕える女仙たちの姿が艶やかに描かれている。

春の日射しはぽかぽかと暖かく、湖の水面はきらきらと輝いている。

水榭の屋根から下がる美しい細工の灯籠にも、その煌めきが映っていた。

「ご機嫌麗しゅう。みなさま」

湖のほとり——花の中に置かれた石案には、ずらりと点心が並んでいる。

にっこりと笑顔で挨拶をした翠玲に、石案を囲んでいた天絳の妃嬪たち——司馬淑妃に柳徳妃、王昭儀、李昭容がぎょっとして立ち上がる。

「そ、そのお姿は……」

油や調味料まみれの猫を抱いただけではなく、汚れた床を歩いたりもしたからだろう。春らしい清らかで爽やかな襦裙はもはや見る影もなくどろどろだった。

「な、なんて……汚らしい……！」

司馬淑妃が挨拶も忘れて、袖で口もとを覆う。

「いくら皇貴妃さまといえど、無礼がすぎるのでは？　ここは皇帝陛下の後宮。あなたがお育ちになった野山とは違いますのよ？」

柳徳妃もまた不快げに眉を寄せて、扇を鼻に当てた。

「ええ、申し訳ございません。ですが、猫をお返ししませんと」

「え……？」

その言葉に誘われるように、柳徳妃が翠玲の腕の中の猫を見る。

そして、はっと息を呑んだ。

「な、なぜ……」

「柳徳妃。猫をお返ししますわ」

油と調味料まみれの猫を、柳徳妃の足もとにそっと放す。

そして、そのまま膝を折り、額を地面に擦りつけた。

「みなさまがた、どうぞ無礼をお許しくださいませ」

「なっ……!?」

妃嬪たちが再びぎょっとした様子で身を弾かせる。

それもそのはず。叩頭礼(こうこうれい)など、妃嬪のすることではない。ましてや、翠玲は皇貴妃だ。この中の誰よりも位が高い。

本来、挨拶するべきは四人の妃嬪たちのほうだ。それでも、叩頭礼などありえない。

呆然とする妃嬪たちに、翠玲は頭を下げたまま、言葉を続けた。

「仰るとおり、私は高貴な生まれではございません。野山で育ったようなものです。ですから、頭を下げることなどどうってことありませんわ」

まるで挑発するかのような言葉に、妃嬪たちがむっとした様子で眉を寄せる。

「……なんですの？　その言い草は」

「もしかして、わたくしたちを馬鹿にしにいらしたのかしら」

「いいえ、滅相もございません」

翠玲は顔を伏せたまま、首を横に振った。

「私はただ、お願いしにまいりました」

「お願い……？」

「ええ。皇貴妃の位をいただいたとて、本来ならば私は、宮つきの女官にもなれぬ身です。みなさまに上から命令することなどできません。ですから、伏してお願いいたします」

そう、『お願い』だ。――現段階では。

「私の宮は、唯一皇帝陛下がおくつろぎになれる場所。食事を楽しめる場所でございます。皇帝陛下からその場を奪うような真似はお控えくださいますよう」

そこで言葉を切ると、翠玲は身体を起こして、妃嬪たちをにらみつけた。

「今後は皇帝陛下に反意ありとみて、一切の容赦はいたしませんから、そのおつもりで」

「っ……！」

翠玲の瞳を一気に染め上げた苛烈な炎に、妃嬪たちがびくっと身を震わせる。

「陛下への反意だなんて……！　あ、あなた、いったい何を……！」

「今まで陛下が後宮ですごされることはほとんどなかったとはいえ、聡明なみなさまなら、陛下の身に何が起こっていたかは、薄々ご存じだと思います」

動揺を見せた妃嬪たちを視線一つで黙らせ、翠玲はさらに続けた。

「今、陛下が何と戦っていらっしゃるかも」

「っ……！　それは……」

「みなさまの御身を案ずるがゆえ、陛下は今までこちらにお運びになりませんでした。決して、みなさまを軽んじていらっしゃったわけではございません」

そうでなければ、危険だとわかっていて、後宮に残すはずがない。

天絳は何も言わなかったけれど、そもそもほかの女性たちはすべて臣下に下賜したり、条件のいい嫁入り先を探して後宮から去らせたのだ。

今、ここに残っている女性たちは戦いに決着がついたあとのことを考えて、おそらくは天絳自らが選び、残した者たちだ。

次世代にその血を繋ぐ――。

皇帝の務めを果たすために。

（こちらのみなさまは、未来の皇后にと選ばれていた方々だ）

たしかにそれは、熱く胸を震わす恋ではなかったかもしれない。

それでも天絳にとって『その他大勢』ではなかったからこそ、今ここにいるのだ。

当然、美しいだけではない。身分が高いだけでも駄目だ。皇帝の後ろ盾となれるだけの名家の出で、あり余るほどの財力を持ち合わせていても、まだ足りない。

聡明で、思慮深く、誠実で身持ちが固く、何よりも天絳が信じることのできる女性。

ここにいるのは、そんな方々のはずだ。

「頻繁に私の宮にお通いくださるのも、寵愛の一言で片づけられることではございません。野育ちゆえに、私だけにできることがあるからです！」

もちろん、身も心も深く愛してくれている。

それ以上に、信頼を寄せてくれている。

それが、どれほど尊いことか。

(私はそれに応えたい……！)

翠玲は妃嬪たちを見据えたまま、汚れた胸を叩いた。

「私は、陛下をお守りするためにあります。それは、みなさまも同じのはず。後宮の者はすべて一人残らず、陛下にお仕えするためにある。違いますか？」

無惨なほど汚れていても、その姿は力強く、頼もしく——凛として美しかった。

妃嬪たちが視線を交わし合う。

「私が気に入らないのは仕方がないことです。それで構いません。本来、私はみなさまの上に立てるような者ではございませんから。みなさまに認めていただくためなら、どんな努力も惜しみません。機会をいただけるのであれば、どんなことでもしてみせましょう。ですが、宮への手出しはやめていただきます。今後一切、です」

ぴしゃりと言って、どんと地面を叩く。

「繰り返しますが、それは皇帝陛下御自身に弓引くこととお考えください」

それは、天絳に言いつけるぞという子供じみた脅しではない。

そもそも、後宮内のことで、天絳を頼るつもりなど毛頭ない。

権力欲に取り憑かれた魍魎たちの――さまざまな思惑が行き交う魔窟のような王宮で、必死に戦い、生き抜いている天絳をこんなことで煩わせるわけにはいかない。

負担をかけるために、自分は後宮に来たわけではない。

「皇帝陛下を脅かす者を、私は許しません。――絶対に」

「……っ……」

野育ちをなめるなと言わんばかりの翠玲の迫力に圧されて、妃嬪たちが身をすくめる。

その時――だった。

「やぁ、美しい華が……御華園とはよく言ったものだね」

さくりと草を踏みしめる音に続いて、艶やかな声が響く。

翠玲は——そして妃嬪たちも、一様に身を弾かせ、視線を巡らせた。

「ま、まぁ！　皇太子殿下……！」

「っ……！」

柳徳妃が驚きの声を上げる。

翠玲は息を呑み、そこに立っていた人物をまじまじと見つめた。

（皇太子殿下!?　では、この方が……）

皇太后陛下が帝位につけたいと望んでいる、天綘の義理の弟君！

「……」

白皙（はくせき）の美青年だった。天綘とは違う——まるで女性と見紛（みまご）うような儚げで艶めいた美貌。

絹糸のような黒髪は緩く束ねて、夜明けの空のような群青色の長衣を纏っている。

（話を聞いて想像していたのと、ずいぶん違う……）

呆然として見つめていると、皇太子殿下は桜色の唇の両端を持ち上げて微笑んだ。

「お話の最中かな？」

「え、ええ……。そんなところですわ」

妃嬪たちが姿勢を正して、頭を下げる。翠玲も慌てて膝立ちになり、両手を重ねた。

「あの……殿下は、どうしてこちらに？　何かご用でも……」

「ああ、久しぶりだね。司馬淑妃。いや、母上のところにご機嫌伺いにね。そのついでに散歩がてら来てみたんだ。こちらの庭は、本当に美しいから……」

「まぁ、そうでしたか……」

「でも、なんだか取り込み中だったみたいだね。申し訳なかった。すぐに退散しよう」

司馬淑妃ににっこりと笑いかけて――皇太子がふと翠玲に目を留める。

ざぁっと全身から一気に血の気が引いた。

(ど、どうしよう……!)

こんなどろどろに汚れた姿で皇族の前に出て――それは許されることなのだろうか？　もちろん、翠玲が自ら姿を晒したわけではない。ほとんど不可抗力ではあるのだけれど。

どうしよう？　こういう時はどうしたらいいのだろう？

焦り倒しながら、頭に叩き込んだはずの『後宮のお約束』を必死に思い返していると、そんな翠玲に皇太子がさらに笑みを深めた。

「あなたが、兄上が新しく迎えた方だね。私は翔鷹という。よろしく、劉皇貴妃」

「え……？　あ、はい……」

「あなたは皇貴妃ながら、厨房に立つと聞いている。その料理はとても美味いのだとか。今度、お相伴にあずかりたいな」

それだけ言って、爽やかに笑って手を振り、そのまま踵を返す。

去ってゆく後ろ姿を見つめて、翠玲は首を傾げた。

（何も、仰らない……？）

まともな皇貴妃ではありえない——いや、階級など関係ない。女官としてもありえない。衣装はどこもかしこも油と調味料で汚れて、異臭まで放っているのだから。

それなのに、何も言わなかった。

驚きに目を見開くことすら、しなかった。

（よくもまぁ、こんな姿で皇貴妃だってわかったな……）

襦裙は質のよいものだが、それでも皇貴妃の装いとしては驚くほど軽装だ。お飾りも、ごく最低限しかつけていない。梅花にもさんざん地味だなんだと言われているのに。

（その上で、これだけ汚れていたら、普通気づかないと思うのだけれど……）

しかし、気づかれてしまった以上は、このままにしておくわけにはいかない。

ひどい姿で会ってしまったことを、天紵に——そして梅花に謝らなくては。

（ああ、怒られるんだろうなぁ……）

梅花には衣装を駄目にした件ですでにお説教されるのは決定しているのだが、この件も含まれるとなると、一刻は小言を食らうことになりそうだ。

やれやれとため息をついていると、司馬淑妃と柳徳妃が顔を見合わせる。

そして、なんだか複雑そうな表情をしたまま、ゆっくりと口を開いた。

「劉皇貴妃さま。わたくしどもが言うのもおかしいかもしれませんが、あの方にはどうぞお気をつけあそばせ」

「え……？」

思いがけない言葉に目を見開く。

いや、言葉だけじゃない。まさか、二人が助言めいたことをしてくれるとは。

翠玲はぽかんとして二人を見つめて——しかしすぐに頰を引き締め、姿勢を正した。

「どういう意味か、伺ってもよろしいですか？」

「……あの方、普通にここに入ってらっしゃいましたでしょう？　陛下のための後宮に」

「あ……！」

「後宮の東の奥にある皇太后宮ですが、そこに行くのに後宮を通る必要はございません。ちゃんと輿や俥で移動できる別の道がございます。当然ほかのみなさまは、決して後宮を横切ったりなさいませんわ。ここは皇帝陛下のための場所ですもの」

そうだ。考えてみれば、そもそも後宮は男子禁制。

そうはいっても、毎日天絳以外の男性とも話をしていたから意識が薄かった。

(けれど、彼らは宦官だった……)

そして、皇太子殿下は宦官ではない。

本来ならば、後宮に立ち入ることはできないはずなのだ。

「皇子殿下は、成人すると同時に封土を賜り、王府を構えられます。つまり、皇子殿下は幼少期こそ後宮でお暮らしになりますが、十五歳になると出られる規矩なのです。その後はもちろん、気軽に後宮に入ることなどできません。後宮内の母君の宮を訪ねるにしても、事前に手続きして皇帝陛下に許可をいただく必要がございます」

「しかし、皇太子殿下は封土を賜ることなく、二十四歳になった今でも何をするでもなく、フラフラなさっているのですわ」

司馬淑妃と柳徳妃が肩をすくめる。

「それだけならまだしも、ああして規矩を平気で破られるのです。……実際、皇帝陛下の持ちものに手をつけたこともございますわ。誘いに乗るほうも乗るほうですけれど」

「そ、それは重罪では……」

「ええ、もちろん。御物に手をつけたのですから、極刑ですわ。……証拠があれば」

「……！」

その言葉に、思わず息を呑む。

『だが、相手は老獪。ひどく狡猾でな……。なかなか尻尾をつかませない』

天絳の言葉が、脳裏に甦る。

彼ははっきりと言った。『誰の目にもあきらかな証拠が必要だ』と。

それは、何も皇太后だけの話ではないのだ。

「……っ……」

なんて、汚い。

思わず、奥歯を嚙み締める。

たしかな証拠がなければ、天絳は動けない。それをいいことに、証拠さえ残さなければ何をやってもいいと思っているのか。

民のため、民に顔向けできないことはしない。そんな——常に正しくあらんと心がける天絳の足もとを見ているかのような振る舞いを、いつまでも許しておくものか。

「あの、皇太子殿下は、帝位には興味がない方と伺いましたが……」

どこまで言っていいものだろうか？　皇太后のたくらみについて話をした時、天絳は人払いをしていたけれど、梅花をはじめ多くの者が、天絳が常に命を狙われていることを知っていた。むしろ、周知の事実のようだった。

妃嬪たちも、『薄々ご存じだと思います』という翠玲の言葉に、首を傾げはしなかった。当たり前のように受け止めていた。

それならばこれぐらいは大丈夫だろうかと、おずおずと口にした言葉に——司馬淑妃と柳徳妃も、ほかの二人も驚くほどあっさりと首を縦に振った。

「ええ、そうだと思いますわ。政治にも、関心がないご様子。皇太后陛下の庇護のもと、好きなことだけをして好きなようにすごされているといった印象ですわね」

「あれぞ暗愚ですわ。殿下がしっかりとなさってくだされば……皇太子として陛下を支え、ともに歩んでくだされば……皇太后陛下が何をたくらもうと意味をなさないのではありませんか？　それなのに、あの方は……」

「みなさまは……ご存じなのですね……」

ぶつぶつと零す妃嬪たちに、呆気に取られて呟く。

まさか、彼女たちがここまであっさりと肯定するとは思っていなかったのだ。

「ですから、苦しい立場なのですわ」

司馬淑妃がため息をつく。

「家から届く手紙は、『なぜ未だに皇帝陛下の寵愛を得られないのか』とお叱りばかり。陛下の臣はみな、陛下の御子を心待ちにしておられるのですわ」

「もしも現皇太子殿下が、間違いなく賢帝におなりになるであろう素晴らしい人格者なら、そうはならないのではありませんか？　みなさま、現皇太子殿下に次の皇帝陛下になっていただきたいと願うはずですから」

「ええ。血を繋ぐことは大事なことですが、早く早くと焦る必要はどこにもありません。このように、さいなまれることなど……」

妃嬪たちが一様に表情を暗くする。

「あの皇太子殿下に皇帝になっていただきたくないからこそ……」

それ以上は、口にするのは憚られるのだろう。妃嬪たちが口を噤む。

翠玲は唇を嚙み締めた。

「……あなたのことは大嫌いですわ。到底、認める気になどなれません」

そんな翠玲を見下ろして、柳徳妃がきっぱりと言う。

「今すぐ追い出してやりたい気持ちに変わりはありません。虐めてそれが叶うのであれば、誰がなんと言おうと虐め抜いてみせますわ」

「……どういう宣言ですか。それは」

眉をひそめた翠玲を見下ろし、柳徳妃がフンと鼻で笑う。

「陛下の御子をお産み申し上げるのは、あなたではありません。このわたくしですから」

「まぁ、なんてことを。わたくしですわ」

「何を仰いますの？　それはわたくしです」

「負けませんわよ。とくに、野育ちの山猿妃には」

ほかの妃嬪たちも口々に言う。

「ですが――」

柳徳妃が、青々とした草の上に膝をつく。

そして、はっと息を吞んだ翠玲をまっすぐに見つめたあと、深々とその頭を下げた。

「陛下をお守り申し上げたいのは、みな同じですわ。嫉妬に駆られ、浅慮をいたしました。陛下の御身を脅かすことになる嫌がらせだけは、絶対にするべきではございませんでした。

どうかお許しくださいませ」

「つ……！」

「わたくしたちも、柳徳妃の行いを知りながらお止めしませんでした」

ほかの妃嬪たちも、そしておつきの女官たちも膝をつき、一様に頭を下げる。

「その話をお茶請けにし、あなたを蔑むことで、嫉妬心を満足させておりました。それで済ませていればよかったのですが……」

「ええ。陛下に影響を与えてしまったのは……」

その言いように、思わず唇を綻ばせる。

「そうです。陛下の寵を争うのは、妃として自然なこと。私にかんしましては、いつでも相手になります。どうぞ、遠慮なくかかってきてくださいませ」

翠玲はトンと胸に手を置いた。

「ですが、陛下にお仕えする点では、私たちは同志です」

天絳を守りたい。

その気持ちに差はない。みな、同じだ。

「陛下をお守り申し上げましょう！　一緒に！」

力強く言った翠玲に、妃嬪たちは頷き、再度深々と頭を下げた。

「どうかお許しくださいませ」

「っ……」

胸が熱くなる。

（ああ、わかってくださった……！）

さすがは、天絳が将来のことを考え、後宮に留めた方たちだ。愚かではなかった。

（天絳の目は、間違っていなかった……）

そして、小菊が言ったとおりでもあった。

『ゆ、友人が……翠玲さまへの嫌がらせを命じられて苦しんでいたんです。自分たちではお止めすることができない。主の、悔しくて……やるせないお気持ちもわかるだけに……。ですが、主上の寵姫に嫌がらせをするなど……露見すればただでは済まないと……』

ぶるぶる震えながら、小菊は告白した。

『主の切ないお心に寄り添いたい。ですが同時に、主をお諫めしたい。主をお守りしたい。どう考えても、この行いは必ず主を追い詰める。破滅に繋がるだろう。だけど今、それを進言すれば、ご不興を買ってしまう。主の傍にいられなくなってしまうと……』

翠玲が天絳を守りたいと願うように、小菊の友人もまた主のことを一心に思っていた。

だからこそ、ひどく苦しんでいたのだと――そんな友人を見ていられなかったのだと、小菊は涙ながらに語った。

『翠玲さまは、素晴らしい御方です。わ、私は……翠玲さまならばと思い……っ……』

　そうして、地に額をこすりつけて叫んだ。

『私が！　苦しむ友人のために、翠玲さまの大切な厨房を荒らしました！　そ、その猫を使って！　申し訳ありません！』

　嫌がらせをしている妃嬪がわかりさえすれば、翠玲ならなんとかしてくれると。

　天絳に告げ口をして罰してもらうという形ではなく、治めてくれると。

　そう思ったのだそうだ。

　罰ならば、自分がいかようにも受けるからと、小菊は言った。

『どうか、友人の主をお救いくださいませ』と――。

　翠玲は小さく安堵の息をついて、ゆっくりと立ち上がった。

　自分は、小菊が寄せてくれた信頼に、その友人が主へと向ける思いに、ちゃんと応えることができただろうか。

　できていたらいいと、心から思う。

「どうぞ、お立ちになって。みなさま。わかってくだされば、それでよろしいのです」

　妃嬪たちが顔を上げる。翠玲は再び全員を見回し、にっこりと笑った。

「ともに、皇帝陛下をお守り申し上げましょう」

　その点では、自分たちは仲間だ。

　恋の上では競争相手（ライバル）でも。

「柳徳妃……。嫌がらせを命じられた者は、あなたのことを思うがゆえに、私の宮の者に相談をしました。その者が、皇帝陛下のあずかり知らぬところでの事態の収拾を望んで、今回のことを起こしました。つまり、あなたの愛猫を使っての厨房への嫌がらせは、私の宮の者が仕組んだことです。なので、その……」

「ええ、わかっておりますわ。罰したりはいたしません。……少しほっとしておりますし。やはり、わたくしは根が正直なものですから」

柳徳妃が立ち上がり、扇で口もとを隠して優雅に微笑む。

「陛下に顔向けできないことをするのは慣れなくて」

「まぁ……！」

そのぬけぬけとした言葉に、翠玲も妃嬪たちも思わず笑ってしまう。

「あなたさまには、別の形で挑むことにいたしますわ。——負けませんわよ」

「ええ。私も、負けません」

春の空のようにひどく晴れやかな気持ちで、翠玲は頷いた。

「野育ちは、強いんですよ！」

しかし、そんな翠玲たちをあざ笑うかのように——事件は起きてしまった。

—＊◇＊—


「な、に……!?　あ、あ……あ……！」

柳徳妃が、その美しい爪で喉を掻き毟る。

「か、は……！」

次の瞬間、ごぼりと大量の血を吐く。

そしてそのまま、どっと床に倒れ伏した。

「きゃあぁあああーっ！」

「誰か！　誰か来てーっ！」

悲鳴が響き渡る。

柳徳妃の傍には、一口齧った杏餡酥が転がっていた。

第五章

「劉皇貴妃を捕縛いたしました」

兵の報告に、天絳は「そうか」とだけ答えた。

「朱璃殿のほうに入っていただきました。事実があきらかになるまでは、そちらに」

朱璃殿は、後宮の西端に位置する殿舎だ。先々帝が長く使われていなかった朱璃殿に、不貞を働いた妃を一時的に籠めたことから、以来後宮の牢として使われるようになった。

「ああ。梅花に女官を一人選ばせ、つけておけ。まだ罪が確定したわけではないからな。逃亡されては困るが、かといって兵で周りを固めるわけにもいかない」

監禁ではなく、あくまで軟禁でなくてはならない。少なくとも取り調べが終わるまでは。

その言葉に――そしてひどく冷たい声に、兵が息を呑む。

しかし、皇帝の命令は絶対だ。「は！」と鋭く答えて、下がる。

遠ざかっていく物々しい足音を聞きながら、天絳は鋭い視線を西へ向けた。

「ようやく尻尾を出したか……？　劉翠玲よ」

そして、ニヤリと口角を上げる。

「さぁ、どう出る？」

藍の空に、まるで生まれたばかりのように初々しい朧月。

春の夜風が、うっとりするほど甘い花の香を運んでくる。

「……天絳……」

窓から月を見上げて、そっと息をつく。

その時、かたんと戸が開く音がして、翠玲はハッとして顔を上げた。

「誰……？」

その問いに答えるかのように、ゆっくりと戸が開く。そして——小卓（つくえ）と床几に薄汚れた屏風しかない黴臭（かびくさ）い部屋には不釣り合いな麗人が姿を現す。

そのまま音もなく入ってきて——翠玲は息を呑み、慌てて立ち上がった。

「皇太子……殿下……？　どうしてこちらに……？」

「ああ、劉皇貴妃……」

背中できっちりと扉を閉め、皇太子が思い詰めた眼射しを翠玲に向ける。

「宮で、あなたのことを聞いて、心配で……」

かすかに震える、色を失った唇。少しだけ乱れた黒髪。わずかな月明かりのもとでも、皇太子ははっきりと美しい。

翠玲は首を横に振り、皇太子のもとに駆け寄った。

「い、いけません。皇太子殿下。罪人のもとに忍んでくるなど……。罪に関与していると思われてしまいます！」

「でも、あなたがしたことではないだろう？　柳徳妃の毒殺など……」

「それは……」

言葉を詰まらせた翠玲に、皇太子が苦しげに顔を歪める。

「やはり、そうなんだね……？」

そして、両手で顔を覆うと、まるで崩れ落ちるようにその場に膝をついた。

「……！　皇太子殿下！」

「すまない……。母がまた何かをたくらんだようだ……」

皇太子は両手で頭を抱え、理解できないとばかりに首を振った。

「どうしてわかってくださらないのだろう？　私は、帝位などほしくはないのに……！　ましてや、多くの犠牲者の血に濡れた玉座など……！」

「……殿下……」

「私の幸せは、そんなところにありはしないのに……！」

はらはらと涙が零れ落ちる。

長い睫が影を落とす、漆黒の瞳。憂いに満ちたそれは、少しだけ天絳に似ていた。

「皇太子殿下……」

皇太子の前に膝をつき、そっと布を差し出す。

その翠玲の手を、同じように白く傷一つない美しい男の手が握り締める。

「つ……！　兄上も、いったい何を考えておられるのか！　あなたを捕縛するなんて！　心からほっした女性ではなかったのか……！」

吐き捨てるような言葉。爪が食い込むほど握り締めてくる手にもう片方の手を重ねて、翠玲はふるふると首を横に振った。

「恋しいという想いだけで、法を曲げるわけにはいかないのですわ。殿下」

「しかし、皇帝であろうとして人の心を失っては、もとも子もないはず！　恋しい相手を守れずして、信じられずして、何が皇帝か！　ただの男としてすら、失格だ！」

その言葉に、思わず奥歯を噛み締める。

「無実の愛しい人を見殺しにして守る玉座に、なんの意味があるんだ……？　こんなのは、あんまりだ……。間違っている……。あなたがお可哀想だ……」

涙に濡れた顔を上げ、皇太子が翠玲の手を両手で握り締める。

「逃げよう！　劉皇貴妃……いや、翠玲！　兄上には、あなたを守る気持ちなどない！　信じる気もだ！　このままでは殺されてしまうよ！」

「つ……それは……」

「私は違う！　私は、あなたを守ってみせる！　だから……！」

「──何を仰っているんですか？」

翠玲は小首を傾げて、皇太子の両手からそっと自分のそれを引き抜いた。

「あなたが柳徳妃を毒殺なさったりするから、こんなことになっているのに」

「──ッ!?」

瞬間、皇太子の目が驚愕に見開かれる。

皇太子は呆然と翠玲を見つめて──ややあって、ひどく困惑した様子で眉を寄せた。

「何、を……？　翠玲……」

「皇太子殿下でしょう？　私の名で柳徳妃に毒入りの点心を届けたのは」

「ば、馬鹿な！」

皇太子は、どうしてそんなことを言うのかわからないと──信じられないとばかりに、力なく首を横に振る。

「私は知らない！　おそらく、また母が……」

「いいえ、皇太后陛下ではありません」

しかし、その言葉はすっぱりと否定する。

「私が柳徳妃を毒殺しても、あなたのもとに帝位が転がり込んできたりはしませんもの」

そう──。皇太后が天絳の命を狙う理由はただ一つ、我が子を帝位につけるためだ。

柳徳妃を殺害し、その罪を翠玲に着せたところで、なんの得にもならない。

彼女も、そう言った。

『犯人が皇太后陛下ならば、これは間違いなく皇帝陛下の御元に届いたと思いますけれど。翠玲さまよりの贈りものとなれば、陛下も口になさるかもしれませんし』

そして、とても気になることも口にしていた。

『実は、こういったことははじめてではございません。人が少なくなってからはめっきり減りましたが……』

後宮に住まう者が不審な死を遂げることは、むしろ定期的にあるのだそうだ。

「…………」

翠玲は冷ややかな目で皇太子をにらみつけたまま、ゆっくりと立ち上がった。

天絳は、これまで後宮ですごすことはほとんどなかったと言う。自分が近づかなければ、息子を帝位につけることだけが目的の皇太后は後宮に何かをすることなどない。妃たちの無事はとりあえず保証されるだろうから。

それなのに、実際に後宮では定期的に不審死があった。

それもあって、天絳は後宮の人間を最低限にまで絞ったのだそうだ。

『実は、歴史的に見ても、そう珍しいことではないのです。歴代の後宮でも、皇帝陛下の寵を争い、妃が競争相手に毒を贈ることはよくあったのだそうです。後宮の歴史は、実はとても血腥(ちなまぐさ)いものなのですわ』

女の園は、華やかだけれど恐ろしい——。

競争相手を積極的に蹴落としにかかるのは、陛下の寵がほしいからだけではない。うかうかしていると、自分の立場が——あるいは命までもが危うくなるからだ。

『そして、わたくしたちの陛下には、とても強大な敵がおられる……。ねぇ、翠玲さま。もしかしてみなさま……わたくしたちも、勘違いをしていたのではありませんか？』

天絳の周りで起きた事故や事件はすべて、天絳の命を狙う皇太后陛下の仕業であると、先入観を持ってはいなかったか——？

そして、後宮で起きた天絳に直接関係がない事故や事件は、妃による争いであると。

いつもそうだから、と。

歴史的にもよくあることだから、と。

「しかし、かといって母ではないと言い切ることは……」

皇太子が翠玲のあとを追うように立ち上がり、なおも言う。

翠玲はそっと目を伏せ、首を横に振った。

「皇太子殿下が帝位に興味をお持ちでないのは、事実だと思います」

天絳も、妃嬪たちも、そう言っていた。

（だけど、天絳は……）

翠玲が、当の皇太子本人は帝位を望んでいるのかと尋ねた時、『弟は、帝位にはあまり興味がないようだが……』と何やら言い淀んでいた。珍しく、歯切れが悪かった。

あの時、天絳は何を言おうとして——呑み込んだのだろう?

それがずっと気になっていた。

「明杏という女官をご存じですか? 柳徳妃の宮つきの子なんですけれど」

ゆったりと窓に近づいて、翠玲は皇太子を振り返って目を細めた。

「とても主人思いで、いい子なんです。私の宮つきの小菊ととても仲がいいんですよ」

柳徳妃に、翠玲に嫌がらせをするよう命じられた女官だ。

主人のために、このままではいけないと、小菊に相談をした——。

「いや……」

困惑した様子を見せながら、皇太子が首を横に振る。

「後宮は兄上の持ちものだ。私が詳しいわけがない……」

「そうですか。ふらりと入ってくることがよくあると伺ったものですから」

「っ……それがいったいなんの……」

「彼女は主のもとに届いた点心を不審に思い、小菊を頼って私のところに確認に来ました。その間に主が食べてしまわないように、わざわざ食盒を持って」

思いがけない言葉だったのだろう。皇太子が目を見開く。

「それは……」

「ご存じないかもしれませんが、私は皇貴妃であると同時に、陛下の食医でもあります。まだまだ勉強中の身ではありますが……」

それでも、毒や薬は翠玲の領分だ。

「その点心には、即効性の毒が含まれていました。山羊(やぎ)ですら、一つ二つ呼吸するうちに死んでしまうほどの」

翠玲は唇に不敵な笑みを浮かべ、皇太子をねめつけた。

「ですから私は、その食盒を明杏に渡しました。『柳徳妃に差し上げてください』と」

「つ……!?」

気が触れたとしか思えない——その信じられない言葉に、皇太子が愕然とする。

「ば、馬鹿な！　毒入りの杏餡酥と知って、柳徳妃に食べさせたのか!?」

「……ええ。たしかに、食盒に入っていたのは、毒入りの杏餡酥でしたが……しかしなぜ、それを殿下がご存じなのです？」

「ッ……！」

己の失言を理解し、びくっと皇太子が身を震わせる。

小さく「あ……！」と叫ぶと、おどおどと視線を泳がせた。

「そ、それは……そう、兵たちが……噂(うわさ)をしているのを聞いて……」

「そんなはずはございません」

それには、きっぱりと首を横にする。

それだけは、ありえない。

なぜなら——。

「現場に残されていた杏餡酥には、毒など入っていなかったのですから」

「っ!?　なっ……!?」

「食盒の中の点心は私がすべて作り直しました。見た目は同じですが、餡に橙の果醤を混ぜ込んだ橙餡酥と、杏餡酥に」

「で、でも……柳徳妃は……!」

「そもそも、柳徳妃が毒殺されたなどと、誰からお聞きになったのです?」

翠玲は皇太子を見つめたまま、さらに笑みを深めた。

「私が捕縛されたのは、柳徳妃への傷害容疑ですが」

「ッ……!?」

少し天綷に似ている美しい双眸が、驚愕に見開かれた。

「傷、害……!?」

「殿下の仰るとおり、たしかに食盒の中の点心には毒が混入しておりました。私が新たに仕込んだものです。橙餡酥に」

「……！　だ、橙の……？」

「ええ。杏餡酥ではなく。おわかりですか？　現場の調査に当たった兵は誰一人として、杏餡酥に強い毒が仕込まれていたことなど知らないのです」

「っ……」

「もちろん、橙餡酥に含まれていた毒も人が死ぬようなものではありません。少しお腹が痛くなる程度で……毒とも呼べないものです」

実際、少量を薬として使用することのほうが多いものだ。

橙餡酥には誰も手をつけないとわかっていても、翠玲にはそれが限界だった。

犯人を騙すため——炙り出すためとはいえ、人を生かすための知識で、技術で、人を害するための点心を作ることなどできなかった。

「で、でも、柳徳妃は血を吐いて倒れたと……！　すぐに、意識がなくなって……」

「そうですね。杏餡酥を一口食べて血を吐いた——多くの女官の目には映ったでしょう。殿下の協力者のそれにも。でも、実際は違います」

「……それは……」

「柳徳妃の宮には、殿下の協力者がおりますでしょう。その者が、殿下が用意した食盒を、私からだと偽って明杏に渡した」

明杏が気づかなかったらと思うと、ぞっとする。その食盒には、一口で山羊が瞬く間に死んでしまうほど強い毒が仕込まれた杏餡酥が、三十個も並んでいたのだから。

気づかず女官たちとみんなで楽しんでいたら、いったいどうなっていたか。

「私は震えましたよ。恐怖と――怒りで」

あれほどの怒りははじめてだった。

許せない。どれだけ命を軽んじているのか。

人の死を利用するなど、あってはならない！

そんなことを許してはならない！　絶対に！

「ですから、柳徳妃とともに一計を案じました。柳徳妃が殺害され、私が捕縛されれば、あなたは必ず動く！」

「っ!?　わ、私が犯人だと……最初から疑って……？」

「ええ。確信がありました」

きっかけは、彼女の一言だった。

『もしかしてみなさま……わたくしたちも、勘違いをしていたのではありませんか？』

彼女――柳徳妃は言った。

「私たちは後宮暮らしが長い梅花に協力してもらい、後宮で起きた事件や事故をもう一度振り返ってみたんです」

先入観を捨てて、一つ一つ丁寧に。

そうして見えてきたものは、ひどく許しがたい事実だった。

『皇太子殿下のことは、ただの暗愚だと思っておりました。玉座にも政にも興味がなく、皇太后陛下の権力に守られ、ただ好きなことを好きなようにしているだけの暗愚と。しかし、違ったのかもしれませんわ』

柳徳妃はそう言って、美しい唇を怒りに震わせた。

『なんて……愚かな！　こんなことのために、陛下を……！』

しかし、これは好機かもしれない。

そう言った翠玲に、柳徳妃は力強く頷いた。

『もちろんですとも。陛下の御為、この機を逃すわけにはまいりませんわ！』

蒼白になって震え出した皇太子を追い詰めるがごとく、翠玲は一歩前に進み出た。

「……協力者には、殿下に『柳徳妃は杏餡酥を食べて死んだ』と報告してもらわなくてはなりませんから、そう見えるようにお芝居をさせていただきました。しかし、実際には柳徳妃は亡くなってませんし、私が捕縛されたのも殺害容疑ではございません」

翠玲に気圧されるように、皇太子がじりっとあとずさる。

そんな彼を見つめて、翠玲は鮮やかに微笑んだ。

「そして――毒が入っていたのも、杏餡酥ではございません」

「っ……！　私は……」

「犯人しか知りえないことをべらべらと話してくださり、ありがとうございます」

皇太子が息を呑んだ瞬間、どこからか天絳の低い声がこだまする。

「みな、聞いたな。自白だ。――捕らえよ」

刹那、窓と扉が勢いよく開いて、兵が駆け込んでくる。

あっという間に、皇太子が後ろ手に床に押さえつけられる。

「て、天絳！　なぜ……！」

呆気に取られて口を開いた翠玲に、ゆったりと室内に入ってきた天絳が目を細める。

「愛しい者の傍にいるのがおかしいか？」

「で、でも……」

皇族を謀(たばか)ることは、一歩間違えば重罪だ。

天絳に迷惑をかけないように、何一つ相談しなかったのに。

「私は……」

「お前が毒を盛ったと？　おもしろい冗談だな。久々に声を立てて笑ったぞ」

翠玲に歩み寄り、天絳が口角を上げる。

「たとえ太陽が西から昇ろうと、それだけはありえない」

「っ……！」

胸が苦しいほど熱くなる。

(私を……信じていてくれた……！)

そして、翠玲を信じて、すべてを任せてくれた。

ただじっと、待ってくれたのだ。

(ああ、天絳……)

これほど嬉しいことがあるだろうか。

まだ気を緩めてはいけないのに、涙が溢れそうになってしまう。

「兄上は……知らなかったと……？」

皇太子が愕然とした表情で呟く。

「妃たちだけで協力して、私をはめたと!?　馬鹿な……！　妃など、皇帝の寵を争うしか能のない者だろうに！」

吐き捨てるような侮蔑の言葉に、しかし翠玲は誇りをもって頷いた。

「ええ。そのとおり。私たちはみな、陛下にお仕えする者です」

寵を争うのは、全員が陛下を想っているからこそ。

それゆえに、陛下をお守りしたいという一点においては、自分たちは同志だ。

「陛下のために尽力するのは当たり前のことです」

凛と言い放った翠玲に、皇太子が顔を歪める。

「……どうだ。私の妃たちはすごいだろう？」

「つ……！　なぜだ！」

誇らしげに微笑んだ天絳に、皇太子は喉を仰け反らせて叫んだ。

「なぜ！　なぜ！　なぜ兄上ばかりが！　いつも！　兄上ばかりが！」

震える唇から、堰を切ったように本音が吐き出される。

「すべてを得るのは、いつも兄上だ！　私はいつも兄上の次！　何も得られず、そのくせ母上は私を帝位をつけることばかり口にする！　それは、母上の野望だろうに！」

眦が裂けんばかりに目を見開いて、天絳をねめつけて。

「私が、一度でも皇帝になりたいと言ったか！　それはあなたの欲望だろう！　なのに、皇帝にならねば私に価値がないかのように扱う！　いつも！　いつも！　ああ、だけど、母上は正しい！　たしかに、私がほっするものはすべて兄上のものとなる！　いつも！　いつも！　いつもだ！　兄上が私の上にいるから！」

「…………」

皇太后は我が子を愛するがゆえに、自分の力で最高の位につけてやろうと画策し続けた。

それが子の幸せだと信じて。

子の意思などは無視して。

「私はほかの何者にもなれない！　母上は皇帝になる道しか認めない！　皇帝でなくては、皇帝にならなくては、私に生きている価値などないのだ！　玉座などほしくはないのに！

皇帝になどなりたくないのに！」

そんな皇太后の母親としての盲愛に、いつしか心が軋んでいった。

傷つき、歪み、膿み、壊れて――腐っていった。

「しかしそれでも、ほっしたものはすべて兄上のものだ！　私が本当にほっしたものは、皇帝にならなければ手に入らない！　皇帝になどなりたくないのにだ！」

喉を引き攣らせて、自身の不幸を嗤う。

「兄上が妬ましかった！　兄上は私がほっしたものをすべて持っている！　母君を早くに亡くしておられることすら、妬ましかった！　己の野望に突き動かされ、罪を重ね続ける理性を失った母親はいない！　その醜悪な愛に縛られることもない！　支配されることもだ！

ああ、それはなんて幸せな人生だろうか！」

「……お前にどう見えていたのかは知らないが、たしかに母親の盲愛に振り回される子はたまったものではないだろう。だが、その鬱憤を私を貶めることで晴らそうとした時点で、お前の敗けだ」

天絳が小さく息をつき、皇太子の前に膝をつく。

漆黒の双眸が、痛ましげに揺れた。

「私からすべてを奪ったとしても、お前が何かを得られるわけじゃないんだ。なぜそれを理解しない？　私から愛する者を奪ったところで、お前が心から愛することができる者と出逢えるわけでも、結ばれるわけでもない」

「っ……！　私は……！」

「私をどれだけ不幸にしても、それは一時胸のすく思いがするだけだ。お前が幸せになれるわけではないのに……」

天絳がそっと目を伏せる。

「お前を気の毒に思うからこそ、わかってほしかったよ……」

翠玲は下唇を嚙む。

だからこそ、天絳はそれを――弟の胸の内に巣くう狂気を口にできなかった。

『弟は、帝位にはあまり興味がないようだが……』

そこまで言って、呑み込んだ。

『私を憎んでいる』

それは、自身の救いにはならないのにもかかわらず――。

「だが――それもこれまでだ」

兄としての顔を捨て、皇帝の面構えになった天絳が素早く立ち上がる。

そして、冷ややかに皇太子を――罪人を見下ろした。

「柳徳妃を殺害しようとし、翠玲を陥れようとした。そして、たしかな証拠も上がった。覚悟はできておろうな」

皇帝の御物に手をつけることは重罪だ。

皇太子といえど、罪を免れることはできない。

「お前が捕らわれた時点で、皇太后の野望は潰えた。自身も失脚するだろう。――喜べ」

天絳は弟だった罪人を見つめたまま、唇に酷薄な笑みを浮かべた。

「皇太后はもうお前を庇えない」

「――ッ！」

「もう一度言うぞ、翔鷹。私の妃たちはすごいだろう？」

奇声を上げて激しく暴れはじめた罪人に最後にそう言って、天絳は背を向けた。

「連れていけ」

兵たちが頭を下げ、暴れる罪人を引きずってゆく。

官たちもまた頭を下げ、そのあとに続く。

「天絳……」

室内に静寂が戻っても、天絳はそちらを見なかった。

ただ、まっすぐに前だけを見つめていた。

「……本当に、私は恵まれている」

ようやくぽつりとそう言って――天絳は翠玲を見ると、ふっと微笑んだ。

「私はその愛に応えなくてはな」

その、今にも泣き出しそうな笑みに心がえぐられる。

翠玲は両手を広げて、天絳の胸に飛び込んだ。

「天絳っ……！」

ああ、その傷ついた心を癒やす薬がほしい。

抱き締めてあげることしかできない自分がもどかしい。

「天絳……」

力強い腕が、翠玲を包み込む。

それが細かく震えているのに気づかぬふりをして、翠玲は目を閉じた。

「私は歴代の皇帝が及びもつかぬほど素晴らしい君主となってみせよう。国を、民を潤し、今以上の太平の世を築いてみせると約束しよう」


—＊◇＊—


「天絳、訊いてもいい？」

後宮の中心に位置する、御華園——。

今は、藤の花が盛りだ。藤棚で回廊が作られており、薄紫、白、薄紅のたくさんの花が咲き誇るさまは、夢のように美しい。

木漏れ陽とはまた違う、花や葉の間から射し込む月の光は、とても神秘的だった。

宮へと戻るべく、天絳とともに回廊を歩いていた翠玲は、ついに我慢できなくなって、その背中に問いかけた。

「なんだ？」

先を歩いていた天絳が足を止め、翠玲を振り返る。

翠玲はごくりと息を呑み、それを口にした。

「どこで気づいたの？」

「どこと言われたら……最初からだな」

「ええっ!?」

予想外の言葉をあっさりと口にした天絳に、思わず目を丸くする。

「さ、最初からって……」

「第一報が、『劉皇貴妃から贈られた菓子で、柳徳妃が吐血。そのまま意識不明』だったからな。その時点でありえないと思った。お前に言った言葉は、強がりでもなんでもない。今年一番の冗談だと思った」

「え……？」

「時を置かずして、『劉皇貴妃を捕縛いたしました』という続報。ありえないはずなのに、おもしろいほど順調にものごとが進んでいる。笑わないようにするのが大変だったぞ」

「そ、そんなに……？」

天絳がおもしろくてたまらないといった様子で、クスクスと笑う。

「徳妃が血を吐いて倒れたんだ。本来なら、真っ先に通報するべきは疾医のもとだろうよ。だが、あの報告の早さから言って、すぐさま兵のもとに走った者がいる。そしてその者が、翠玲の仕業であると告発したからこそ、間髪を容れずにお前は捕らえられた。間違いなく、何かが裏で動いている。そう思った」

「で、でも、その時点ではまだ、私が陥れられた可能性だってあったわけでしょう？」

「いや、それもないと思った」

「えっ!? なんで!?」

「お前が一言も弁明せず、また一切抵抗をしなかったと聞いたから。やってもいないのに大人しく捕まるような性質（たま）か。お前が」

目を丸くした翠玲にあっさりとそう告げて、天絳は目を細めた。

「確信に変わったのは、現場を見た時だ。酒の匂いがした。点心の食盒の横にはたしかに酒があった。女官に確認したら、その酒は柳徳妃が用意させたという。久しぶりに呑みたいと言ったそうだ。だが、それがおかしい。柳徳妃は酒を嗜（たしな）まない。呑めないんだ、体質的にな。では、呑めない酒をどうして用意させた？」

「…………」

「酒の匂いがしても、不思議ではない状況を作るためではないか？　そして、その考えは当たっていたようだ。敷布に染み込んだ柳徳妃の血からは、酒の匂いがした」

「……そのとおりだよ」

翠玲はやれやれと肩をすくめた。まさか、こうもあっさり見破られてしまっていたとは。

これでもかなり頑張ったのだけれど。

「明杏が持ってきた食盒を開けた瞬間、少しツンとした……香辛料のような香りがした。入っていた杏餡酥を山羊に食べさせたらすぐに血を吐いて……一つ二つ呼吸をするうちに死んでしまった。だから、女官の格好をして、明杏とともに柳徳妃のところに行ったんだ。そして事情をお話しして、どう思いますかってお尋ねした。だって、おかしいじゃないか。これが、天絳の命を狙う皇太后陛下の仕業だとしたら、狙いがわからない」

柳徳妃殺害犯として自分が捕まっても、それは皇太后にとってなんの得にもならない。

「ひそかに柳徳妃の宮に梅花も呼んで、いろいろと話し合って……あの考えに行きついた。ほとんど消去法だったけれどね？　後宮の女官に接触できて、天絳に仇（あだ）なそうなんて人がそういるはずないから」

「……そうだな」

「それで、三人でよく話し合って、犯人を騙す計画を立てたんだよ」

「柳徳妃が吐いた血は？」

「鶏の血。夕食用の鶏を絞めて、その血にお酒を混ぜて固まらないようにしたものだよ。それを小瓶に詰めて、袖口に隠しておいてもらって、それで……」

「演技をしたと」

「そう……。その場は騒然とするはずだから、わずかなお酒の匂いには誰も気づかないと思ったんだけど……」

犯人さえ、騙せればいい。

そのために、少しの間だけ、兵の目を欺ければいい。

狂言であることがあきらかになる前には、すべてが終わっている。

そう思って——立てた計画だった。

「だからそもそも、それほど複雑な嘘はついていないんだけれど……それにしても天絳はやっぱり天絳だ。さすがだね。すべて、瞬く間に見抜いてしまうなんて」

「何を言っている？　私がすごいのではないだろうよ。『もしかしてやったかも』などと微塵も思わせなかったお前こそがすごいんだ」

その言葉に、思わず目を見開く。

翠玲はぽかんとして、なんだかひどく満足げな天絳を見つめた。

「私が……？」

「ああ、そうだ。お前を知る人間は、一人残らず一笑に付したことだろう。『翠玲が人に毒を盛るなどありえない』と。お前はそれだけ信じるに足る人間なんだ。それこそが、すごいことなんだ」

「天絳……」

「誇れ。それこそが、お前の力だ」

「っ……!」

心がじんわりと熱を持つ。

とくんとくんと、心臓が喜びに跳ねる。

「お前が何かをたくらんでいる。となれば、それは私のためだ。それ以外にはありえない。だったら私にできることは、お前を信じることだけだ。それ以外にない」

翠玲を抱き寄せて、天絳が微笑む。

「微塵も迷わずそう思えた自分を、誇らしく思う」

「天絳……」

そのたくましい胸に顔を埋めて、翠玲はそっと目を閉じた。

天絳を守れたことは、素直に嬉しい。心の底からよかったと思える。

だけどこれは、それだけでは終われない——割り切ることなどできない問題だと思う。

なぜなら、天絳からすべてを奪おうとしていたのは、彼の実の家族なのだから。

「あの……天絳……。皇太后陛下と皇太子殿下とのことは……」

「違う、翠玲。あれはもう、皇族ではない。そんなふうに呼ぶな」

「でも……」

「大丈夫だ、翠玲。私は別に可哀想ではないぞ」

翠玲を抱く腕に、ぐっと力がこもる。

「権力には骨肉の争いがついて回るものだ。私だけが特別なわけではない」

「それでも、傷つかないわけじゃない！」

翠玲は両手で天絳の胸を押し、首を横に振った。

「そうだがな……。しかし、いちいち傷ついていては皇帝などやっていられない」

「っ……それは悲しいことだよ、天絳」

慣れてはいけないことだ。

諦めてもいけないことだ。

「そんなふうに言わないで、天絳。皇帝の犠牲の上に成り立つ国なんてあっちゃいけないんだから！」

政のことはまだ何もわからないけれど、でもそれだけは自信を持って言える。

民の幸せのために、皇帝が犠牲にならないといけないなんてことは絶対にない。

「仕方ないなんて言わないで……」

悪意に傷ついていい。

裏切りは詰っていい。

皇帝である以前に、人なのだから。

当たり前に悲しんでいい。怒っていい。

当然、人並みの幸せを願ったっていい。

それが許されないなんて、そんなのは間違っている。

「民だけじゃない。皇帝も幸せになれる国こそ、目指すべきものでしょう？」

「翠玲……」

「家族になろう！　天絳！」

その広い背中に手を回して、愛する人を力いっぱい抱き締める。

「私は、天絳の家族になりたい！」

「家、族……？」

「これまで天絳にとって、家族は信じられるものではなかったかもしれない。だけど私は、天絳の家族になりたい！」

天絳に、心から安らげる場所を。

温かくて、優しくて、ほんの少しくすぐったい――当たり前の家庭を作ってあげたい。

「皇帝だからって、諦めなくていいんだよ！」

「っ……」

「だから、悲しんでいいんだよ……」

弟にも、義母にも、ついに思いが届かなかったことを。

処断することでしか、家族を壊すことでしか、問題を解決できなかったことを。

ものわかりのよいふりをして、仕方ないことだと自分に言い聞かせなくてもいい。

悲しんでいい。傷ついていい。怒っていい。詰っていい。泣いても、叫んでもいい。

「っ……！　翠玲……」

天綘が翠玲の身体を引き寄せ、そのまま藤の蔓が絡みつく柱に押しつける。

そして——翠玲のまっすぐな瞳を覗き込み、苦しげに顔を歪めた。

「お前は本当に……私を甘やかすのが上手すぎるな……」

「私が天綘を甘やかさないで、誰がそれをするんだよ？」

心は薬で治すことはできないから。

せめて、傷ついていないふりが上手すぎる男の心のよりどころになりたい。

「お願い、天綘……。私の前では、ただの男でいて……」

皇帝ではなく、ただの天綘でいて。

自分の前では、地位にも、立場にも、しがらみにも、何にも縛られないでいてほしい。

そのためだったら、なんでもするから。

「皇帝という重責からも、あなたを守ってみせるから……！」

そう叫んだ瞬間——唇を奪われる。

「……んっ……」

喰らいつくような、荒々しいくちづけ。

何かに追い立てられるかのように、慌ただしく舌が入り込んでくる。そのまま口腔内を蹂躙される。胸を突き上げる想いのままに——激しく、深く。

「ん、ぅ……」

息つく間など一瞬も与えてもらえない。すべてを奪い尽くす勢いで求められ、貪られて、急速に息が乱れてゆく。

「……ふ、ん……ぅ」

まるで、愛しい、愛しいと叫んでいるかのようなくちづけ——。

「……んっ……」

「愛している。翠玲……」

何度も角度を変え、くちづけを深めてゆく合間に、天絳が囁く。

「……愛している……」

「ん……天、絳……」

溢れる想いが、身体の奥に火をつける。

それは瞬く間に大きな炎となって、全身へと広がってゆく。

「……ん……ぁふ……んっ……」

心が、身体が、すべてが――愛しいと叫び、燃え上がる。

その炎の熱さに煽られるように、両足の間が潤んでゆく。

そんな自分の反応に、少し驚く。

翠玲の身体こそ、愛しい、愛しいと叫んでいるようだった。

「は……っ、んぅ……ん……」

舌を絡め合い、注ぎ込まれる蜜を喉を鳴らして嚥下する。

それがまた燃料となって、炎が激しく身の内を焦がす。

(ああ、天絳……!)

想いが強ければ強いほど、二人の心が重なるほど、快感も大きくなるのだと知る。

だからだろう。まだくちづけを交わしているだけなのに、はしたないほど下肢が甘痒く疼き出す。まるで、飢え渇いているかのように。

天絳が足りない。心が、身体が、天絳を求めて暴れているようだった。

彼がほしくて、ほしくて、たまらない。

「は……ん……」

「んっ……！」

まるで毟り取るかのように帯が解かれ、衣の襟ぐりをつかんで大きく割り開かれる。

「あ……天絳……！　待っ……！　ここ、じゃ……！」

「煽ったのはお前だ」

甘く香る夜風にふるりと震えた白い乳房を、天絳が大きな手で包み込む。

「あ……ん……」

それを優しく揉みしだきながら、天絳の唇が翠玲の額に、目蓋に、目尻に、こめかみに頬にと、くちづけを落としてゆく。そして、また唇へ。互いの唇を重ねて、吸い、深く絡め、蜜を啜り、飲み干して——互いを味わう。

「んぅ……ん……」

天絳の指が、柔らかな膨らみの頂を爪弾く。さらには押し潰し、そのまま捏ね回して、引っ掻き、抓り、摘み、引っ張って、じんと痛んだところを優しく撫でる。

「ん……ふ……」

どんどん息が乱れてゆく。

身体の奥の炎が燃え広がり、熱が出口を求めて渦巻き出す。

「ん、は……っ、ん……」

ひりつくような飢えが、さらにひどくなってゆく。

どうしてだろう？　快感を与えられるほどに、飢えてゆく。

（ああ……ほしい……）

天絳がほしい。

すべてを奪われたいと思うのと同時に、すべてを奪い尽くしたいとも思う。

息もつけないほど、翠玲を天絳で染め上げてほしい。

同時に、狂おしいほど、天絳を翠玲で満たしてやりたい。

ああ、いつからだろう?

こんなふうに、身も心も——翠玲のすべてが、天絳を求めるようになったのは。

「ん、ふ……ぁ、あ……あ……」

天絳が翠玲の耳朶を食み、甘く歯を当て、舌を奥へ侵入させる。ゾクゾクと寒気に似た快感が背筋を駆け上がる。

「ふ、あぁ……! あ……!」

ぐちゅぐちゅと脳に直接響く卑猥な水音に、また両足の間でとろりと溢れる感触がして、翠玲は両膝を擦り合わせた。

「ん、ぅ……! あ、あ……! あ!」

天絳が翠玲の細い首筋にねっとりと舌を這わせる。そのまま、ゆっくりと下へ——時折思い出したように強く吸いつき、歯を当て、翠玲の白い肌に紅い所有の証を刻んでゆく。

自分のものだと言わんばかりのその行動に、さらに下腹部が疼く。

「あ、あ……! 天絳……!」

胸に顔を埋めて、その柔らかさを楽しみながら、何度も強く吸いつき、淫らな赤い花を咲かせてゆく。

「ふ……！　あ、んっ……！　だ、駄目……こんな、ところじゃ……」

ここは院だ。誰が通るともわからない。そして、ついさっき大きな事件があったばかり。官も、兵も、忙しくしているはずだ。

こんなところで、こんなことをしていては……。

「大丈夫だ。藤が隠してくれる」

「ふ、藤の花は……あ……頭の上じゃ……あ、ん！」

「私は皇帝だぞ？　そして、私の臣はできた者たちばかりだ」

翠玲の身体を柱に縫い留めたまま、天絳がその柔肌を味わう。

「ちゃんと見て見ぬふりをしてくれる。大丈夫だ」

「そ、そんなことを……」

見て見ぬふりをしてくれるから、見られてもいいということにはならない。

首を横に振るも、その耳に「翠玲……」と切なげな声が忍び込んでくる。

「宮まで待つことなど、無理だ……」

「……天絳……」

「翠玲……お前がほしい」

「っ……」

名前を呼ばれるたびに、じわりと溢れる感触がする。

「翠玲……。私の翠玲……」

「あ、天絳……あぁ！」

頂のぷっくりと勃ち上がった突起をちゅくんと吸われて、翠玲はびくんと背を弓なりに反らした。指で弄り倒されたそこを、今度は舌で弄ばれる。

「あ、んっ……！　ふ、ん……」

舌で転がされ、もう片方も指で爪弾かれて——左右微妙に色の違う快感に、自然と腰が揺らめいてしまう。

「や、ぁ……あ、んっ……！」

そのたびに愛泉からとろとろとはしたない蜜が溢れて、白い太腿を濡らしてゆく。

「っ……翠玲……」

天絳が性急な様子で、裙と裳、羅衫を一気にたくし上げる。

白く綺麗な足が、銀の月の下ですべて露わになってしまう。

「あっ……！」

「翠玲……」

翠玲の両足の間に膝を入れ、閉じられなくしてから、すでに濡れた太腿をまさぐる。

「あ！　天絳……！」

そのまま蕩けた秘裂に指を這わせて、興奮した様子で熱い息を漏らした。

「ああ、もうこんなに……」

「んっ……ああ！」

指で蜜壺の浅いところを、くちゅくちゅと音を立てて掻き回す。

翠玲は甘い声を上げ、びくびくと背中を震わせた。

「ふぁ、あ……！　んっ……天絳……！」

蜜を纏わらせた指が花芽を捕らえ、その皮膜を剝がして、ぐりぐりと転がす。

瞬間、びりびりした快感が背筋を駆け上がる。

「あぁっ！　あ……！　あ、んんっ……！」

翠玲はさらに腰を弾かせ、身を捩った。

「あぁ、天絳……！　あ……あ……！」

傷ついた天絳を、癒やせる者になりたい。

その心も身体も、すべてを包み込める存在に。

「天、絳……！」

翠玲が天絳のためにできることは少ないからこそ。

天絳がただの男に戻れる場所でありたい。

（ああ、ほしい……）

天絳のすべてを、手に入れたい。

そして自分のすべてを、奪い尽くしてほしい。

その欲が、翠玲の理性を凌駕する。

「翠玲っ……」

天絳が地に膝をつき、翠玲の両足をさらに大きく割り開いて、白い内腿に舌を這わす。

「私が跪（ひざまず）くのは、お前にだけだ……」

「あ、やっ……！　あぁ、あ！　あ！」

「愛をくれと、その蜜をくれと、希（こいねが）う……」

「んっ、あぁあ！」

しとどに濡れた花びらをねっとりと舐め、溢れんばかりの蜜を啜る。

刹那——甘すぎる愉悦が、翠玲の全身を貫く。あられもない嬌声が喉を突いた。

「ん、あぁ！　ふぁあっ……！　はぁんっ！」

「っ……本当に、お前はどこもかしこも甘い」

天絳の舌が、赤く熟れた花芯を思うままに弄り——嬲る。

どっと溢れ出した蜜をじゅるりと淫猥な音を立てて吸われると、脳が痺れて蕩ける。

「あぁ、ああ！　は、んっ！　あぁあ、天……！」

秘玉を舌で転がしながら、とろとろと蜜を溢れさせる愛泉に触れる。

しなやかな指は淫らな音を立てながら入り口を浅く掻き回してから、ゆっくりと侵入を開始する。

「あぁあ、駄目……！　やぁ、天絳っ……！」

内壁を擦りながら深く埋め込み、中で円を描くようにゆるゆると動かす。

ガクガクと膝が震える。もう立っていられない。けれど、翠玲の下肢は天絳がしっかり支えていて、その場にへたり込むこともできない。

「あ、ぁあ、あ……！　んっ！　やぁ、あ……！」

激しすぎる快感に息を詰め、身悶えする。感じすぎて苦しいほどなのに、なぜだろう？　身の内を焦がす飢えはさらにひどくなり、暴力的なまでに翠玲をさいなむ。

「はぁん、あ……ん、んあ、ぁ……！　ふ、んんっ！」

奥まで埋め込んだ指をぎりぎりまで引き抜き、間髪を容れず再び深々と貫く。愛壺の中を拡げるかのように奥を掻き回し、また引き抜く。それを繰り返す。

同時に、秘玉をちゅくちゅくと吸い、舌先で転がし、舐め回す。

その――天絳が作り出す激しく甘い官能に、喉を仰け反らせて叫ぶ。

「や、ああ！　はん、ふあ、あっ……！　んんっ！」

びくびくと腰が跳ね、息つく間もなく背筋を駆け上がる快感に肌が粟立つ。

(あ、あ……！　溶け、る……！)

理性が焼き切れ、思考が停止する。

脳が、身体が、溶けてゆくような感覚に襲われる。

欲望のまま、本能のままに、相手を貪るだけの獣になってゆく。

静かな月と美しい藤の下で、ひどくいけないことをしているようだった。

しかし――それでいいとも思ってしまう。

二人きりの夜は、皇帝でも妃でもない。ただの男と女でいい。

生まれたままの――何にも縛られることのない、二人でいい。

今だけは、すべてを忘れて――。

「あ、んんっ！　や……はあん、ああっ！　ふあ！」

あまりの快感に、足の間にある天絳の頭に手を伸ばす。だが、もう引き剥がすことなどできない。手に力が入らない。

「あ、んっ！　はぁ、あ……んっ……！」

その漆黒の髪に指を絡め、喉を仰け反らせる。ガクガクと、さらに激しく膝が震える。

「天……こ……あ、んっ……！　あ、や……ぁ！　も、も……う……！」

このままだと、先に一人で果ててしまう。

それは嫌だ。

「天絳、もう……！　も……ほし……！」

「っ……」

甘く濡れたおねだりに、天絳がぶるりと身を震わせる。

「お前というやつは……」

小さく舌打ちして、素早く立ち上がる。

「煽り上手で困る……！」

そして翠玲の身体を反転させ、しっかりと柱にしがみつかせると、夜風に晒された白い双丘を割り開く。

そしてその中心――とろとろに蕩け切った蜜壺に灼熱を押し当てた。

「っ……！　天絳……」

「家族の愛とやらを、私は知らない。父は、生まれた時から皇帝だった。母は、私が物心つくころにはこの世にいなかった。あとは――敵だった」

苦しげな言葉に、胸が疼く。

「だが、翠玲……。お前の前では、私はただの男でありたい……！」

「ああ、天絳……！」

翠玲は身を震わせ、露わな肩越しに天絳を振り返る。

「ただの男でいて……！」

それ以外のものなどいらない。

翠玲がほっしたのは、最初から皇帝ではない。ただの天絳だった。

「ッ……！　翠玲……！」

硬く滾った欲望が翠玲を一気に貫く。

「——ッ！　んっ、あぁぁあぁっ！」

稲妻のような激しい快感が、翠玲をびりびりと痺れさせる。

「あぁあ、んっ……あ……！」

瞬間、快感とは別のものが翠玲を満たす。

悦びと、喜びが、翠玲を染め上げる。

（ああ……！　天絳……！）

当たり前の夫婦になろう。

当たり前の家族になろう。

そして、当たり前の幸せを手に入れよう。

皇帝だからできないなんて、そんなことはあってはいけない。

皇帝も男だ。

妃も女だ。

当たり前の——人間だ！

ならば、当たり前に幸せになる権利があるはずだ！

「天、絳……！　あ、あ……！」

「っ……！　締まる……！」

天絳が顔を歪め、ゆっくりと行き来を開始する。

「あっ……んっ……！　ふぁ、あ……はぁん……！　天、絳……」

「っ……！　翠玲……」

愛しい人の名前を呼び合う。そしてどちらからともなく顔を寄せ合い、その唇を重ねる。

舌を絡め、唾液を掻き混ぜるように互いの口腔内を蹂躙する。

「ん、ぅ……ふ、う……ん……」

角度を変えて、もっと。深く深く、互いを味わう。

「ふ、ん……は……んっ！」

蜜の甘さに脳が溶けて、身体が蕩けてゆく。

愛しい人に酔いしれ、溺れてゆく。

「ふぁ、ん……あ、んんっ！　あぁあ！」

「翠玲……！」

不意に強か（したた）に最奥をえぐられて、あられもない嬌声を上げる。背中を弓なりに反らし、腰をくねらせた翠玲を逃がさないとばかりに引き寄せ、さらに猛々しく貫く。

ここが外であることも忘れて、激しく。

「や、んんっ！　ふ、んっ、んっ……！」

「っ……！　翠玲……」

溢れる蜜が、ぽたぽたと地に滴る。

激しい快感に膝が震えて、崩れ落ちそうになるのを必死に耐える。

「あぁ、あ……！　天、絳……！　な、何も……！」

何も考えられなくなってしまう前に、伝えなくては。

翠玲は快感に身を捩りながら、言葉を続けた。

「ふ、ん……！　私に、は、何も……隠さないで……！」

天絳が目を見開く。

「隠さないで……？　何を」

「つらい……悲し、い……苦、しい……んんっ……全、部……！」

息を乱しながら、必死に紡ぐ。

大切なことだから。

「隠され、たら……あ、あぁ……癒やして、あげられない……から！」

自分は、天絳を守るために、癒やすためにある者だから——。

「っ……！」

これまで耳にしたどんな愛の言葉よりもそれは美しく、天絳が喜びに打ち震える。

「お前はっ……！　どこまで……！」

「んぁ！　ふ、あぁ！　あ！」

滾る灼熱を最奥に叩きつけられる。同時に背後から揺れる乳房を荒々しくつかまれて、揉みしだかれる。

そのまま、さらに激しく揺さぶられる。息もつけないほど。

「あぁあ、あ……天、や、あぁ、あ……！」

「ああ、翠玲……！　愛しているっ……」

愛している。

愛している。

だから、どうか――幸せになってほしい。

国のため、民のため、素晴らしい皇帝になってみせようと言ったあなただからこそ。

誰よりも、幸せになってほしい。

できるならば、自分とともに。

死が、二人を分かつまで。

心からそう――希う。

「んんっ……あ、あ！　天、絳……！」

ああ、女でよかった。

はじめて、心からそう思う。

天絳を愛し、天絳に愛される——女でよかった！

「ん、ぁ……！　天、絳……！　ふ……あん、あ……はぁん！」

「っ……！　翠玲……！」

夢のように美しい藤の花の下で、ただただ互いを愛しむ。

心を重ね合わせて、悦びに打ち震える。

銀の月だけが知る——愛の秘めごと。

「あ、あ……！　天絳っ……！」

「翠玲っ……！」

あまりの快感に、もう思考が働かない。

互いのことしか考えられなくなってゆく。

ただ、恋しい相手を求めることしかできなくなってゆく。

「ああ、あ……！　ん、はぁん……！　天、絳……！」

「翠玲……！　愛している、翠玲……！」

「っ……はぁ、あ、ああぁああ！」

蕩けて、溶けて——一つになるべく混じり合う。

そしてともに、めくるめく官能へと溺れてゆく。
そこに、もう言葉はなかった。必要がなかった。
（天絳、愛してる……！）
不思議と、信じられた。互いの想いは、すべて伝わっていると。
互いの心も身体も、強く、固く、結ばれたと。

家族になろう。天絳――。

二人、愛の果てに美しい夢を見る。
温かく、優しく、穏やかで、少しくすぐったい――家族の夢を。

終章

のちに歴史に名を残すこととなる偉大なる皇帝——陽明帝。

しかし彼の私生活は、実に慎ましいものだったという。


「よし、準備完了！」

春菊と鱈(たら)の羹(スープ)、鶏の牛乳煮、海老(えび)の蒸しもの、豚の胡桃炒め、鰈(かれい)の唐揚げのあんかけ、たっぷりきのこの蒸しご飯、そして杏仁豆腐。

我ながら、とても美味しそうだ。

「天絳はもうすぐだよね。やんちゃ坊主たちは？」

「ええと、天籟(てんらい)さまと天翔(てんしょう)さまは……」

食器を並べていた小菊が顔を上げた瞬間、その問いに答えるようにこちらに駆けてくる足音が聞こえる。小菊がふふっと笑った。

「いらっしゃったようです」

「そうだね。食事の時間だけには遅れたことがないもの」

翠玲も微笑んで、扉を開けて駆け込んできた二人の息子を、ぎゅうっと抱き締めた。

「旦那さまも」

そのあとに続いて入ってきた天絳を見上げて、にっこりと笑う。

「当たり前だ。家族揃っての食事が最優先。法案はそのあとだ」

笑顔できっぱりと言い切った天絳に、梅花が「それは思っても口に出さないでくださいまし」と眉をひそめた。

「さぁさぁ、お二人とも！　まずは手を洗いますよ！　うがいもです！」

小菊が皇子たちを水桶のところへ追い立ててゆく。

天絳は床几に腰かけ、明杏が差し出した蒸した手ぬぐいを受け取った。

「ここではいいだろう？　梅花。法案を疎かにしているわけではないぞ。とくに、今日の午後に採決する予定のものは、翠玲の肝入りのものだしな」

威厳に満ちた力強い双眸が、翠玲を映す。

「いよいよだ。この国にとって、歴史的瞬間となるだろう」

その視線をまっすぐ受け止めて、翠玲は頷いた。

「皇后としての準備はできているか？」

「もちろん。皇帝陛下の食医として、天絳の妻として、子供たちの母として、毎日の食事づくりは大事にしていることだけれど、皇后としても果たすべき使命があるからね」

そして、不敵に笑う。

「これは、私が成し遂げるべきことだから」

女だから。

そんな──自分ではどうすることもできないことで、長く悔しい思いをしていた。

女が男に劣るなんてことは、絶対にない。事実、翠玲は皇后としての責務も果たしつつ、皇帝の食医という役目をも立派に果たしている。

それは、翠玲が特別だからではない。翠玲のようにチャンスさえ得られれば、その者が望む場所で、遺憾なく能力を発揮する女性は数多くいるはずだ。

男であっても、欲望に目がくらんで人の道を外れる者もいる。

天絳の弟君のように。天絳を裏切った、二十年来の従者のように。

女であっても、大切な人を守るためにその命を懸けられる者もいる。

天絳のためだけにあった、誇り高き妃嬪たちのように。

それは、性別の差ではない。

だったら、性別で人の可能性を潰すべきではない。

男も女も、己の未来は己の力でつかみ取る権利が与えられてしかるべきだ。

家を継げない。疾医になれない。

男ではないというだけで！

そんな悔しい思いを、もう誰もしなくていいように。

その考えから、翠玲が皇后として一番最初に着手したのは、女性の権利向上だった。それがいよいよ形になろうとしている。

天絳が「そういうことだ、梅花」と微笑む。

「皇帝と皇后として、国のために最善を尽くす。そのためにも、ここで鋭気を養うんだ。腹が減っては戦はできぬ。頭の固い保守的な臣どもを説き伏せて改革を推し進めるのは、並大抵のことではない」

天絳がニヤリと口角を上げ、「だから、ここでの食事は最重要で最優先なんだ」と言う。

「私たちにとって。そして、子供たちにとってもな。一秒たりとも遅れるものか」

「そうでございますね。本当にお疲れさまでございます。天絳さま」

梅花が小さく苦笑して、頭を下げる。

皇帝の住まいである内邸では、誰も天絳を『陛下』と呼ばない。

ここは私的な場所。ここでの天絳はただの夫であり、ただの父親だからだ。

「父上！　父上！」

天絳が食卓に着くと同時に、戻ってきた息子たちがその周りに纏わりつく。

「ん？」

「前は、こうきゅうって場所があって、たくさんの女の人が住んでたってほんとう？」

「すごーくすごーくたくさんだって！」

「誰に聞いたんだ？」

天絳の問いに、息子たちがきょとんとして顔を見合わせる。

「……どこで聞いたって言うべきだったか？」

「ごかえんだよ」

「ああ、御花園か。そこが後宮だったんだよ」

かつての後宮は、今は御花園という名の院になっている。

王宮で働く者なら誰でも入ることができ、仕事の疲れを癒やす憩いの場となっている。

後宮にいた妃たちには礼を尽くし、時間をかけて彼女たちが一番幸せになれるであろう嫁ぎ先を見つけ、ある時代には一万人近くいた後宮の女性たちも、今は翠玲と翠玲つきの女官のみになった。

そして、その翠玲と女官たちも内邸に居を移し、天絳と翠玲は同じ宮で暮らしている。

普通の家族のように。

「お前たちのどちらかが皇帝になった時のために、もとに戻せるようにはしてあるが……無理だろうなぁ」

天絳が、小菊から床几に座るように言われている息子たちを見て、目を細める。

「お前たちには、これが普通なんだからなぁ」

その穏やかな笑みに、梅花も小菊も明杏も——そして翠玲も唇を綻ばせる。

「この幸せを知ってしまったあとでは、後宮に美姫を集める気にはなるまいよ」

「それはどうだろう？　天籟は綺麗な女性が好きだから。ねぇ？」

ちらりと明杏を見ると、彼女は頷いて、楽しげにくすくす笑った。

「ええ、先日ご機嫌伺いに来てくださった蘭華さまに見惚れていらっしゃって……」

蘭華さまとは、柳徳妃のことだ。彼女も今は旦那さまと幸せに暮らしている。

「大人になったら蘭華さまを妻にするんだって仰ってるんですよ」

梅花が天絳にこっそりと耳打ちする。

「……それは無理だと教えてやるべきか？　父親として」

「そこは、まだ夢を見せておいて差し上げましょう。父親として」

「父上、母上、早く！」

息子たちが二人を急かす。

翠玲も床几に座って、全員で手を合わせた。

「ぼく、春菊きらい。にがいんだもの」

「駄目です。栄養たっぷりなんだから」

「あんにんどうふちょうだい！」

「点心からはやめておけ」

わいわいと、いつも食卓は騒がしい。

けれど、翠玲の愛情たっぷりの料理は、天絳の――そして子供たちの身も心も満たす。

それはまるで、幸せそのものを食しているようだった。

「――美味いな」

天絳がしみじみと呟く。

「当たり前だよ。栄養と愛情が、たっぷり入ってるからね」

愛する人に、一日でも長く健康に生きてもらうため。

愛する人と、一日でも長く幸せに生きるため。


その願いを胸に、これからも守ってゆく。

この――ごく当たり前の幸せを。

あとがき

ハニー文庫では、はじめまして。北條三日月です。

このたびは『皇帝陛下は御厨の華を喰らう』を手にしていただきまして、ありがとうございます。楽しんでいただけましたでしょうか。


久々の中華ものは、書いててとても楽しかったです。

今までたくさんヒロインを描いてきましたが、中でも今回の翠玲は一番生活力があり、地に足がついていて、我慢強く、たくましかったような気がします。

完全に私の好みの関係で、基本的に北條作品のヒロインは強い女性ばかりなのですが、翠玲は野育ちというのもあって、強さの質が今までと少し違いましたね。

そのため、何度も途中で『いいのか？　こんなヒロインで……』と悩んだのですが、このご時世です。たくましい翠玲にパワーをもらっていただけたらなぁと思います。

イラストを担当してくださったのは、サマミヤアカザ先生です。

ヒーローはゾクゾクするほど色香があって、震えるほどかっこよくて——ヒロインはドキドキするほど可憐で、清らかで、可愛くて、本当に大好きです。

鮮やかで、華やかで、キュンキュンするイラストをありがとうございました！


この本にかかわってくださったみなさまにも、謝意を。

担当さま、編集部の皆さま、デザイナーさま、校閲さま、営業さま、この本を店頭に並べてくださった書店さまも、心の底から御礼申し上げます。

そして、支えてくれる家族と友人にも——いつも本当にありがとう。

何より、この本を手に取ってくださった読者のみなさまに最大級の感謝を捧げます。


それではまた、皆さまにお目にかかれることを信じて。

北條　三日月

本作品は書き下ろしです

北條三日月先生、サマミヤアカザ先生へのお便り、
本作品に関するご意見、ご感想などは
〒101-8405
東京都千代田区神田三崎町2-18-11
二見書房　ハニー文庫
「皇帝陛下は御厨の華を喰らう」係まで。

Honey Novel

皇帝陛下は御厨の華を喰らう

【著者】北條三日月

【発行所】株式会社二見書房
東京都千代田区神田三崎町2-18-11
電話　03(3515)2311［営業］
　　　03(3515)2314［編集］
振替　00170-4-2639
【印刷】株式会社 堀内印刷所
【製本】株式会社 村上製本所

落丁・乱丁本はお取り替えいたします。
定価は、カバーに表示してあります。

©Mikazuki Hojo 2020,Printed In Japan
ISBN978-4-576-20119-1

https://honey.futami.co.jp/

ハニー文庫最新刊

いじわるな義兄に
いびられると思ったら溺愛されました!?

臣 桜 著 イラスト=炎かりよ

伯爵令嬢エリザベスと侯爵の長男リドリアは幼馴染み。
双方の父母が再婚し義理の兄妹になったのにリドリアが強引に迫ってきて…!?

さえき巴菜の本

王女の降嫁
～秘密の鳥と騎士団長～

イラスト=氷堂れん

黒騎士レオルディドへの降嫁が決まったエメリーヌ。
だが双子の妹を喪って以降発現した厄介な能力を早々に婚約者に知られてしまい…。

吉田 行の本

女剣闘士は皇帝に甘く堕とされる

イラスト=獅童ありす

家族のため女剣闘士になったアレリアは子を産む妾として皇帝ティウスに召し上げられる。

戦いの日常は閨で組み敷かれる毎日に変わり…。